中公文庫

憂き夜に花を

花火師・六代目鍵屋弥兵衛

吉川永青

中央公論新社

目次

憂き夜に花を　花火師・六代目鍵屋弥兵衛

序　夜の河原

夏草の萌える土手は、辺りに比べて暗さが際立つ。先に立つ市兵衛《いちべえ》の背を追い、弥次郎《やじろう》は闇に足を踏み入れた。たった今まで喧《やかま》しいほどだった蛙《かえる》が、ぴたりと声を止めた。

「ほれ、この道でさあ」

市兵衛は父の下で働く職人のひとりである。ぴんと張りのある四十過ぎの声から、厳しさと喜びの思いが漂った。

弥次郎の足許《あしもと》には、ひと筋の細い道がある。父と職人衆が夜毎《よごと》踏み固めてきた跡であった。滑らないようにと気を付けて下る。一歩を運ぶ毎に、最前からの胸の高鳴りが強くなっていった。

細道を下れば、数歩向こうに小さな桟橋《さんばし》があった。昼間は父の船が繋がれているのだが、空に星が浮いた今、その影はない。船は父と数人の職人を乗せ、この水辺——大川《おおかわ》（後の隅田川《すみだがわ》）の沖へと繰り出している。

「あ。市兵衛さん、あれかい？」

　川の中ほどに、赤い光がぼんやりと浮かんでいるのを見付けた。

「そうそう、あれでさあね」

　船には十二張の提灯《ちょうちん》が掲げられているが、こう遠くては小さなひと塊《かたまり》にしか見えない。大川の幅はそれほど広かった。左の向こうには両国橋《りょうごくばし》が架かっているが、この橋が百間《ひゃっけん》（一間は約一・八メートル）近くある。六歳の弥次郎にとっては、こちら側の両国広小路から向こう岸の本所《ほんじょ》まで、懸命に走り続けて五十も数えるほどの長さであった。

「おっ。客が付いたみてえだ」

　しばし提灯の赤色を眺めるうちに、市兵衛が嬉しそうに言って、ぽんぽんと肩を叩いてきた。指差す先に目を移せば、薄暗い行灯《あんどん》のようなものが、ゆったりと揺れている。大名が出す夕涼みの屋形船であった。父の船を示す赤色が、すぅ、とそこへ近付いて行った。

「ようく、見ておきなせえよ」

　言われるまでもなく、もう目を離せないでいる。市兵衛に顔も向けず、声も出さず、ただ小さく頷《うなず》いて応じた。

　だが少しすると、拍子抜けして「あれ」と声が出た。

「市兵衛さん。お父《と》っつぁんの船」

　提灯の塊は、屋形船から離れてしまっていた。

「注文、取れなかったのかな」

がっかりして呟く。市兵衛は「あはは」と軽い笑い声を返した。

「うちの船は呼ばれて寄ってってたんだ。注文は間違いなく取ってまさあ。離れてんのは、少し間を空けねえと危ねえからですよ」

なるほど、と市兵衛を見上げる。色黒の顔が、にっ、と笑みを返した。

「さぁさ、あっしの面《つら》なんぞ見てる場合じゃ、ありやせんぜ」

「え？　ああ、うん」

促されて暗い水面《みなも》に目を戻す。川渡りの冷たい風を受けながらも、弥次郎の額には薄《う》っすらと汗が浮いていた。いざ「その時」を待っていると、ひとつ二つと息をする間も焦《じ》れったい。

今か。もう少しか。ごくりと固唾《かたず》を吞む。

刹那《せつな》の後――。

「う、わ」

見遣《みや》る先、船と船の間に不意の明かりが湧き起こった。扇の形に、五つの火柱が勢い良く噴き出している。自らの掌《てのひら》くらいに見えるそれは、火の粉を飛ばし、赤々と川を照らし出した。

「あれが『大桜』ってやつでさあ」

「すごい」

浮ついた叫び声を上げ、弥次郎は目を輝かせた。

先まで何も見えなかったのに、今は花が咲いている。夜を彩る明るい花が、父の船を、水の流れを、立ち昇る煙を浮かび上がらせた。川辺に寄せる波さえも、時ならぬ光明にきらきらと踊っているのだ。

照らされたのは宵《よい》の川面《かわも》ばかりではない。市兵衛に導かれているとは言え、六歳の稚児にとって銀鉤《ぎんこう》——新月の宵闇は心細いものであった。この輝きは、そうした頼りない思いさえ吹き飛ばしている。

やがて大桜の火柱は勢いを失い、辺りは再び漆黒に包まれた。だが消えたのは沖の火のみ。弥次郎の胸に灯ったものは、未だ活《い》き活きと沸き立っている。

そして、その思いは弥次郎だけのものではなかった。

「いいぞ鍵屋《かぎや》」

「さすがは御公儀御用達《ごようたし》！」

「かぁーぎやあっ」

両国橋の上から、屋形船から、盛んに声が飛び、拍手が湧き起こった。橋を渡る町人たちも、船の大名や家来たちも、皆が楽しみ、喜び、心を躍らせている。

「これが、お父っつぁんの……」

「そう。花火でさあ」

腕組みの市兵衛を見上げ、弥次郎は満面の笑みで力強く頷いた。

父の花火を見るのは、これが初めてだった。幼子の夜更かしはならぬと言われ、また弥次郎自身も、去年の夏までは遅くまで起きていられなかったからである。弥次郎が知る父の仕事は、店の中で煤《すす》を練り、大人の腕ほどもある竹筒に詰めるところまでだった。

そして今、父が何のために手を真っ黒にしていたのかを知った。

誇らしい気持ちで一杯だった。御公儀御用達の花火司、鍵屋。父はその主として五代目・弥兵衛《やへえ》を名乗り、人々を喜ばせ、倅《せがれ》の自分にもこれほどの高揚を与えてくれたのだ。

「坊も、立派な六代目になるんだよ」

市兵衛が、にこりと笑う。弥次郎は勇んで「うん」と返し、大川に向き直った。鍵屋の船には次の客が付き、別の花火を支度している。少しの後に供されたのは、火薬の詰まった竹筒を吊るし、逆さに火柱を噴き出させる「葡萄《ぶどう》」であった。

その次、またその次と、弥次郎は飽くことなく花火を眺め続けた。

橙色《だいだいいろ》の光、揺れる川面、夕涼みの風。人々の歓声に包まれている。子供心に、花火そのものに覚えるのとは別の感慨が満ちていった。花火は闇を、そして、人の心まで照らす——おぼろげながら、しかし確かな昂《たかぶ》りであった。

「おいらも、いつか」

父と同じ花火屋になりたい。跡を継いで六代目・弥兵衛を名乗りたい。その熱を胸に、弥次郎はこれからの年を重ねてゆく。

一　長雨の爪痕

店先の庇《ひさし》からは忙《せわ》しなく雨垂れが落ちていた。向かいにある小間物屋《こまものや》の屋根にも、鈍色《にびいろ》の雲が伸《の》し掛かるようである。弥兵衛《やへえ》――長じた弥次郎は、うんざりと溜息《ためいき》をついた。

「まったく、飽きもせずに良く降るもんだ」

頬骨の張った四角い顔の中、厚めの唇が渋く歪む。切れ長の二重瞼《ふたえまぶた》の上で、太い眉がじわりと下がった。

梅雨《つゆ》の頃はいつもこうだが、今年は特に酷い。いつもの年ならひと月半で明けるものが、今年はもう二ヵ月も続いていて、しかもいつ明けるか分からぬくらいである。夏しか商売にならない花火屋にとって、雨の季節が長引くのは何とも恨めしかった。

「我慢、我慢。お天道《てんと》様のせいにしちゃあ、いけませんぜ」

店先の土間を隔てた奥、作事場《さくじば》の左側から元太《げんた》が声を寄越した。三十歳を数えた弥兵衛と同い年、店で一番若い職人である。

「稼げる時が減ったんなら、短い間に稼ぐ！　でしょう？」

空模様のせいで薄暗い店の中、元太の声が明るい。それを耳にして、弥兵衛の面持ちも柔らかさを取り戻した。

「ああ。そうだね」

花火屋の商売は夏のみだが、秋から冬、春、梅雨明けまでの長い間を遊んで暮らしている訳ではない。商売にならない時にも常に新しい花火を考え、試してきているのだ。それが無駄にならぬよう、力を尽くして道を拓かねば。初代弥兵衛もそうやって身を立て、江戸で並ぶ者のない店の礎《いしずえ》を作った。六代目の自分も同じ道を行くまでだ。

「元太さんの言うとおりだ。今年もいい花火を上げようって、気張ってきたんだからね。このくらいで、へこたれる訳にゃあいかないよ」

「ねえ？　おいらも夏が楽しみなんでさあ」

元太の丸顔は、うきうきした気持ちに満ちている。弥兵衛は「はは」と笑って返した。

「今年は、お道《み》っちゃんが来るんだったね。幾つになりました、あんたの妹」

「十二ですぜ。顔見んのも三年ぶりですよ」

妹について語る顔は、何ともだらしない笑みに満ちていた。元太は江戸から北に十三里（一里は約四キロメートル）離れた河越《かわごえ》の生まれで、青物を作る百姓家の次男である。下には弟がひとり、他に妹が三人生まれたが、末の妹――お道《みち》の他は子供のうちに病で命を落としていた。

「お道、大きくなってんだろうなあ」

十歳で鍵屋へ奉公に上がり、職人として腕を磨きながら仕送りを続けてきた身には、十八歳も離れた妹がかわいくて仕方ないらしい。

「商売もありますけどね。おいら、そっちが待ち遠しくて。首、長くしてんですよ」

言葉を交わしていると、元太の逆側、作事場の右奥から「おい」と声が飛んだ。

「いつまでも喋ってねえで手ぇ動かせ。旦那が問屋に行こうてえのに、足止めしてどうすんだ」

市兵衛であった。初めて父の花火を見た時から二十四年、六十六を数えた白髪《しらが》頭が、土間の行灯がようやく届く薄暗がりに浮かび上がっている。

元太は「はいはい」とつまらなそうに応じた。

「口動かすな手ぇ動かせ、いつもの小言でございますね」

少し不満そうだが、互いに不仲ではない。こういうやり取りは毎度の話で、日々の挨拶のようなものであった。弥兵衛は「さあて」と、店先に立て掛けてあった唐傘に手を伸ばした。

「それじゃあ問屋に行って――」

二人の職人に向けた声が、中途で止まった。唐傘の陰に、小指の頭ほどの黒い粒がひとつ転がっていたからだ。火薬を練り固め、花火の種として弾けさせる「星」である。それを摘み上げると、作事場の右奥に向いて眉をひそめた。

「市兵衛さん。また落ちてますよ」

　すると、市兵衛の白髪頭が上がった。

「こいつぁ……すみません」

　元太に向けた小言とは打って変わって、詫《わ》びる声は頼りないものであった。面持ちに「しまった」というものが浮かび、鼠色《ねずみいろ》の頭を掻《か》いている。

　弥兵衛が六代目を継いで八年、市兵衛は職人たちの長として、また番頭《ばんとう》として鍵屋を支えてきた。生真面目《きまじめ》を絵に描いたような男だが、年老いて目が悪くなってきたせいか、こういう手抜かりが増えていた。火薬を扱うだけに、行灯のすぐ傍《そば》でできる仕事ではない。薄暗い中で目を凝らしているのも、不手際の理由なのだろう。

　弥兵衛はなお口を開きかけた。しかし市兵衛のしょぼくれた顔を見ると、次の言葉が出て来ない。自分が子供の頃から何くれとなく世話を焼いてくれた人で、この道に入ってからは花火のイロハを教えてくれた師匠でもあった。その人が自らの衰えを嘆いていると思うと、あまり強く言うのも気が引ける。

　だが、いけない、と自らを戒めた。今や自分は店を継いだ身である。言いたくないことだろうと、言わねばならない。

「花火屋が火事でも出そうもんなら何を言われるか。六代続いた鍵屋がここで終わり、てな話になるかも知れないんですよ」

「面目ねえことで……。重々気を付けます」

市兵衛が深々と頭を下げる。元太が左奥で「まあまあ」と苦笑を浮かべ、薬研《やげん》で炭を磨《す》り潰す手を止めた。

「旦那さん。父っつぁんも詫びてんですから、そのくらいで勘弁してやってくだせえ」

奉公に上がって二十年、市兵衛から花火を教わったのは元太も同じだった。今や火薬作りでは店一番の腕前、それもこの師匠あってこそだ。長らくの恩を忘れず、年寄りを庇おうとするのは江戸っ子の粋《いき》というものである。

「晴れた日にゃあ外の明かりも入りますけど、何しろこの雨ですからねえ。手許だって見えにくいってもんでしょう」

人好きのする丸顔で言われ、弥兵衛は少し救われた気がした。

「まあその……市兵衛さん、できるだけ同じ手抜かりを繰り返さんでくださいよ。少し目を休めてから続けるといい」

「ありがとうごぜえやす。でも……あっしもそろそろ退《ひ》き際でしょうかね」

初めて父の花火を見た頃の市兵衛は、脂の乗った働き盛りの職人だったのに。人は、時の流れにだけは逆らえない。当人が言うように「そろそろ」なのかも知れないが、いざ辞めるという話になれば寂しいものがあった。我知らずのうちに、眼差しに沈んだものが満ちる。

　その気まずさを払うべく、話の向きを変えた。

「ところで喜助《きすけ》さんは？　あれか。腰かい？」

　元太が「ええと」と指折り数えて大きく頷いた。

「灸《きゅう》の日です、七日に一度の。まあこの雨じゃ、打ち方も店番もいりませんや」

　喜助は四十を数えた打ち上げ師で、その用がない時には店番をしている。数年前にぎっくり腰をやってから、たびたび腰の痛みを訴えていた。季節の変わり目には特に酷い。

「そうか。灸の日だったかね」

　本当は覚えていたが、敢《あ》えて喜助の名を出して市兵衛の一件を切り上げた。作事場の空気も、だいぶ軽くなったような気がする。

「じゃあ喜助さんが来たら、大事にしろって言っといておくれ。あたしゃ少し遅くなるから」

　二人の「行ってらっしゃいませ」を聞いて軽く会釈し、傘を差して外に出た。

　江戸と深川《ふかがわ》を結ぶ両国橋の西詰は、両国広小路と呼ばれる。そこから少し南の横山町《よこやまちょう》に、鍵屋はあった。四代目の頃に御公儀御用達となっているが、店構えは然《さ》して大きくない。間口は一間半、表通りの呉服屋の三分にも満たなかった。

弥兵衛は店先の通りを左に進み、日本橋に向かう途中の大伝馬町《おおでんまちょう》へ足を運んだ。そこには火薬作りに使う硝石《しょうせき》と硫黄《いおう》の問屋がある。道のりは三町（一町は約百九メートル）ほど、目と鼻の先と言って良い。道の水溜まりを踏まぬよう気を付けている間に、すぐ辿り着いた。

「これっぽっち歩くだけなのに、羽織が手放せないとはね」

懇意にしている問屋・大和屋《やまとや》の前に至って軽く身震いする。長雨のせいですっかり梅雨寒であった。

「ごめんなさいよ」

「お。こりゃ鍵屋さん」

問屋の店先には四十絡みの番頭がいた。こちらの姿を認めると恵比須《えびす》顔になり、店の小僧を何人か呼ぶ。然《しか》る後に弥兵衛は奥へ導かれ、裏手にある蔵へと通された。

「ちょいとお待ちを」

錠前が外され、蔵の扉が重い音を立てた。番頭は提灯を支度して中に入り、数歩ほど奥に積み上げられた木箱を照らした。

「どうぞ、ご存分に」

遠巻きに寄越された明かりで木箱の山を見る。弥兵衛は「それじゃあ」と注文を付けた。

「この山の、上から三つ目を」

十四、五の小僧が二人掛かりで箱を下ろし、帯に刺した釘抜きを使う。みしりと音がして蓋が開いた。覗き込んでみれば、透き通った黄色の塊がごろごろ詰まっている。

「うん。こりゃあ、いい硫黄だ」

次の夏に向けて新しい花火を考え、より明るく燃える火薬を作るため、秋から春の間にも少しずつ材料は仕入れている。そうした折に問屋に出向くのは元太の役目だが、夏を迎える前だけは弥兵衛自ら品定めをするのが常であった。

次は別の山の一番下、さらに、また別の山の真ん中辺りを頼んで検分する。どの箱の硫黄も、一点の曇りもない上物であった。

「いつもながら、いい仕入れですね」

満足して笑みを浮かべると、番頭も鼻高々という風に応じた。

「鍵屋さんに下手なものは売れませんよ。何しろお武家様に見せる花火ですからねえ。この時のための取って置きです」

両国界隈では、夏になると大名衆が大川に屋形船を出して夕涼みを楽しむ。これを相手に花火を売り込み、打ち上げて見せるのが、鍵屋の稼ぎの大半だった。一方では町人相手に玩具《おもちゃ》花火も売っているが、その商いは小さい。火事を防ぐため、町中での花火が禁じられているからだ。大川端か海辺でなければ遊べないとあって、わざわざ自分で花火を購《あがな》う町人は多くなかった。

「さて、お次は硝石だ」

　硫黄の時と同じように、店の小僧に頼んで箱を下ろす。三つ、四つ、五つ。下ろしては中を検《あらた》め、検めては下ろしを繰り返すものの、その度に弥兵衛の顔は渋くなっていった。

「こっちは、できが悪いなあ。どうしたってんです、いったい」

　番頭は「参ったな」と弱り顔を見せた。

「これでも選りすぐりなんですよ。灰が足りないらしくてね」

「作る時に使うやつですか」

「ええ」

　日本では硝石が採れず、土の中に溶け込んだものを取り出す以外にない。それは実に手間のかかる仕事であった。

　まず、何十年か人が住んだ家の床下から土を集める。それを湯に溶いて草の灰を入れ、上澄みを取って煮詰める。煮詰めたものが冷めると細かい硝石の粒ができているが、これはまだ余計な混ざりものが多くて使いものにならない。そこでこの粒をもう一度湯に溶き、また煮詰めて冷ます。これだけの手をかけて、やっと火薬の材料となるものが取り出せる。

「去年の末から雪やら雨やら多かったでしょう。草が育つ前に立ち腐れになっちまったそうで。灰も、ろくなのがないって訳なんですよ」

　番頭の申し訳なさそうな声に、弥兵衛は「むう」と唸った。

昨年末から、日本は至るところで天候が振るわなかった。そのせいで冬から春にかけて育つ麦や青物も出回る量が減り、値上がりを続けている。食い物だけかと思っていたが、まさか硝石にまで及ぶ話だったとは。

「致し方ない。大和屋さんでこのくらいしか手に入らないなら、他はもっと質が悪いでしょうからね。幾らです」

「いつもどおり三十箱ずつなら、百二十両です」

「は？」

驚いた。質が落ちているにも拘《かかわ》らず、五割増しである。

「ずいぶんと高――」

吐きかけた苦言を呑み込んだ。これも硝石作りに難儀したがゆえだろう。

「――いですが、これがなけりゃあ話になりません。分かりました」

「ありがとうございます」

硫黄の時には鼻高々だった番頭も、硝石の話になるとひたすら腰が低く、仏でも拝むような声であった。

蔵から出て、番頭と共に店先へ戻る。歩きながら、明日には納めてくれるように頼んだ。

「ねえ鍵屋さん。問屋の手前がこんなことを言うのも何ですが、今年の商いは苦労されるんじゃありませんかねえ。この分だと梅雨が明けても暑くなりませんよ」

懸念を口にした番頭に、苦笑いで応じた。

「それでも手前共は花火を作らない訳にはいかないもんで。これでも狼煙《のろし》方御用達ですからね」

鍵屋は幕府の御用商人だが、だからと言って多くの儲けが得られる訳ではない。当代将軍・徳川吉宗《とくがわよしむね》が、幕府の台所が苦しいという理由で質素倹約を旨としているからだ。必然、花火のように値が張るもの、しかも瞬《またた》く間に消えてなくなる遊びの品に多くの財を割こうとはしない。鍵屋から幕府に納めるものも、大きく数を絞られていた。

それでなくとも、こうして高価な材料を仕入れ、花火の季節が終わった後もあれこれを試している。より見栄えがして喜ばれる花火を作れないか。少しでも明るい光を出すには、火薬に何をどれだけ混ぜれば良いか。何もかも同じ橙の光ではなく、幾らかでも色合いの違う花火を作れないか。そうした諸々《もろもろ》の試みによって、夏の儲けの多くを吐き出すのが常なのだ。御用商人とは言っても、呉服屋や両替のような大店《おおだな》とは訳が違った。

重苦しい思いで問屋を出て、自らの店に戻る。相変わらずの雨で、夕暮れの町はさながら闇夜のようであった。

ふと左手を見れば、棒手振《ぼてふり》が長屋の木戸口にある庇で雨宿りをしている。この辺りで青物を売り歩く仁太郎《じんたろう》だ。気さくな男で口数が多い。少し気分も変わるだろうかと声をかけてみた。

「仁太郎さん。こんなとこで油売ってて、いいんですか。みんな夕飯の買い物に出る頃ですよ」

「こりゃ、どうも。鍵屋の旦那じゃねえですか」

　通り一遍の挨拶を返し、辛気臭い顔で笑う。この男らしからぬ様子だった。

「構わねえんですよ。青物の値が上がって買う人も少ねえし。そもそもね、そんなに手に入《へえ》らねえんでさあ」

「品が少ないのかい」

「ええ、まあ。でも、それより値が上がり過ぎてんのが痛くってねえ……。こっちの銭が追い付きゃしねえもんだから、ここんとこ、売り歩くほど仕入れらんねえんです。少しだけ仕入れて待ってりゃ、大店の小僧さんが買いに来るって寸法でしてね」

　仁太郎によれば、もう一ヵ月もそういう商売しかできないでいるそうだ。

「お上が米の値を下げねえようにしてるんでしょ？　おまけに麦も高え、青物も高えときたもんだ。どいつもこいつも米や麦を買うだけで精一杯ってとこですよ」

「なるほど……ね」

　一方の御用商人である以上、幕府が何をしているのかは知っていた。

　江戸開府から百年以上が経つが、武士の懐は初めの数十年で大いに寒くなった。泰平の世を迎えて商いが盛んになり、米よりも銭の動きの方が値打ちを持つようになったせいである。以後は幕府も諸藩も借財を重ねて切り盛りするのが当たり前になった。

　こうした流れに歯止めをかけるべく、将軍・吉宗は米問屋・高間《たかま》伝《でん》兵衛《べえ》にひとつを命じた。仕入れたら仕入れただけ売るのではなく、小出しにして米の値を高く保て、と。

　米が値崩れしなくなって、武士の暮らしは少し持ち直した。が、一方で大半の町人は、月の稼ぎの七割を日々の食に当てざるを得なくなっている。宵越しの銭は持たないと言い放つ者たちだけに、それでも大きく不都合はないように見えていたのだが――。

「おっと客が来た。おうい佐助《さすけ》さん！　ここだよ」

　仁太郎の声で我に返り、道の向こうに目を遣る。十歳かそこらの子供だった。小奇麗な着物からして呉服屋の小僧だろうか。

「って訳で、おいらぁ商売ですから」

「ああ。邪魔したね」

　挨拶して立ち去る。問屋に向かった時と同じに水溜りを避けながら、頭の中には大和屋の番頭の言葉が蘇っていた。

『今年の商いは苦労されるんじゃありませんかねえ。この分だと梅雨が明けても暑くなりませんよ』

夏が暑くなければ、夕涼みに出る大名も減る。花火屋の商売も上がったりだ。

「……それだけなら、いいんだがな」

弥兵衛は身震いした。梅雨寒の日暮れ時だから、ではなかった。

＊

「お。今夜はひとつ出ますぜ」

夕暮れの大川端、打ち方の喜助が縦に長い四角の顔を綻《ほころ》ばせた。右手に半町ほど先、下流の船宿・旭屋《あさひや》から屋形船が滑り出す。どこかの大名が夕涼みのために仕立てたものであった。

鍵屋の船の舳先《へさき》近く、弥兵衛は腰を下ろして軽く安堵の息をついた。

「もう少し暮れてからだね。その方が向こうも興が乗る」

「へえ」

喜助が返事をしながら、船の中ほど、鈴生《すずな》りになった提灯の真下に移った。相変わらず腰の具合が悪いのか、たった四歩五歩を進む動きさえ、もっさりとしていた。

しばし待つうちに、弥兵衛の背中側に燻《くすぶ》っていた残照が力を失い始めた。左手すぐの両国橋には町人の姿がちらほらと見え始める。

「そろそろ行こうかね。元太さん、頼むよ」

「合点でさあ」

　返事には、少しばかり張りがなかった。だが仕事は仕事、元太はいつもどおりに櫓《ろ》を操る。花火船がさざ波を立て、暗い川面を滑り始めた。

　屋形船は大川の中ほどに棹《さお》差して、障子の内から煌々《こうこう》と明かりを発していた。しばらくすると三味線と鼓の音が小さく漏れ聞こえるようになる。もう十間と離れていないだろう。

　弥兵衛は大きく息を吸い込み、腹の底から声を上げた。

「花ぁ火い、花火。葡萄、桜に流れ星。鍵屋の花火は如何《いかが》でしょう。花ぁ火い、花火――」

　やがて花火船は屋形船に並び、向こう三間ほどまで寄せた。弥兵衛はなお、売り込みの文句を朗々と唱えている。数度繰り返して注文がなければ、いつもなら他の船を当たる。だが今日は一艘《そう》しか出ていないとあって、どうしてもこの船から注文を取らねばならない。

「花ぁ火い、花火。鍵屋の花火は如何でしょう」

　三度四度と繰り返すも、屋形船からは誰も顔を出さない。今日は商売にならないかと諦めかけた頃、遠く両国橋の上から喧騒が届いた。町人たちの声が束になっているだけに、何を叫んでいるのかは分からない。が、少しするとそれは収まり、今度は声を合わせての罵声になった。

「貧乏大名、けちけちすんな！」

「けちの殿様、花火を上げろ」

町人には、夜の大川に船を浮かべることが許されていない。唸るほどの銭を持つ大店の商人でさえ同じである。町人が花火を楽しもうとするなら、鍵屋で玩具花火を買って大川端で遊ぶか、さもなくば屋形船が注文して打ち上げるものを見物する以外にない。つまりは「俺たちを楽しませろ」という不平であった。

少しして、屋形船の障子が開いた。

「鍵屋。花火を頼む。流れ星と葡萄をひとつずつな」

そこそこ身なりの良い武士が顔を見せたものの、お世辞にも興が乗っているという気配ではない。町人の声に根負けしたというところか。

いささか申し訳ないと思いつつ、弥兵衛は恭しく一礼した。

「毎度ありがとう存じます」

「あの者たちがうるさくて敵わんからな。こちらは大事な話をしておると申すに」

どういう話をしているのかは聞かなかった。花火屋の商売には関わりのない話であるし、そうでなくとも大方のところは察せられる。

船頭役の元太が船の艫《とも》を寄せ、代金を受け取った。流れ星が一両、葡萄が一両二分（一分は一両の四分の一）であった。

「少しお待ちくださいませ。火の粉が飛ばないように、間を取りますので」

念を押して元太に向き、頷いてやる。元太も「へえ」と頷き、船を操る。四畳半間が三つほど入るくらいに水が空いた。そろそろ良いだろう。

「それでは、まず流れ星を」

船の中央で喜助が声を上げ、打ち上げ用の筒を立てた。人の腕がすっぽり入る筒は、わずかに斜めになっている。そこに入れる花火玉も短い筒形であった。

弥兵衛と元太はそれぞれ、できるだけ舳先と艫に寄った。打ち方の喜助が親導《おやみち》（導火線）に種火を移す。ばちばちと散る火花が走り、やがて筒の中に入った。

ドン、と音がして火の玉が飛び出す。橙色の明かりが夜空に高く上がり、投げた鞠《まり》が落ちるかのように光の尾を引いた。両国橋の上がわっと沸き、不揃いな拍手の音が届いた。

「さて、お次は葡萄でござ……あ痛たた、ったた」

葡萄は花火筒を逆さに吊るして火花を降らせるものである。船の上では竹竿の先に筒を掲げるのだが、腰の悪い喜助は重い竹竿を持ち上げられずにいた。

「しょうがねえなあ兄貴。おいらがやるから、火だけ頼まあ」

元太が溜息交じりに竹竿を受け取り、うん、と持ち上げて掲げる。花火筒は水面の上で逆さになった。

「すまねえな」

喜助が顔をしかめながら親導に火を点《つ》けた。流れ星の時と同じように火花が走り、竿の先へと向かってゆく。少しの後、筒から下に向けて勢い良く火花の束が降り注いだ。

三十を数える頃、鼻を衝《つ》く臭いを残して葡萄花火が終わった。元太は竿を下ろし、燃え残りがないようにと花火筒を川に浸《つ》けている。

「他にご注文はございませんか」

弥兵衛の明るい大声に、屋形船の武士は「いらん」と忌々《いまいま》しそうに怒鳴って返した。早く往《い》ねとばかり、蠅《はえ》でも追い払うかのように手を振っている。

「ろくに米も取れんのに、花火に大枚を叩《はた》く訳にいくか。今日はこれまでだ」

「左様にございますか。お名残惜しゅうはございますが、今宵はこれにて失礼をば。またのご注文をお待ちしております」

弥兵衛は満面の笑みで深々と頭を下げ、しばしそのままでいた。屋形船の障子が閉まり、鍵屋の船からすっと離れて行く。

「今夜はこれで店仕舞いだ。帰ろう」

再び上げられた弥兵衛の顔は、たった今までの朗らかなものが失《う》せて、幾らか沈んでいた。それを見た喜助も、つまらなそうに「ふん」と鼻を鳴らす。

「橋の上の連中じゃねえが、けち臭《くせ》え話ですねえ」

「商売になっただけ、ましってもんです。三日ぶりだからね」

弥兵衛はそう言って宥《なだ》めたが、喜助の不平は収まらない。

「米が取れねえ、花火にゃ大枚叩けねえって言いながら、船遊びで銭使ってんじゃねえですか」

道理ではあろう。が、やはり「そう言いなさんな」と静かに窘《たしな》めた。

「銭がないからこそ船遊びなんですよ。貸してくれって、どこかの両替とでも話を付けてたんでしょう。さ、帰って飯にしましょうや」

来た時と同じく元太が櫓を取り、大川端まで戻って行った。三人は言葉少なで、それぞれが時折思い出したように溜息をついた。

今年――享保十七年（一七三二）の長い梅雨が明けたのは、硝石問屋の大和屋に出向いて十日ほど過ぎた頃であった。そこから、さらに二十日余り経っている。大和屋の番頭が言っていたとおり、夏を迎えてもそれほど暑くなっていない。夕涼みも無用の日が多く、いつもの年なら毎夜幾つも出るはずの屋形船もまばらだった。

このままで、商売が立ち行くのだろうか。

心に憂《うれ》いを抱えていると、元太がまた溜息をついた。このところ、昼夜問わず楽しまぬ風である。幾らか心配になって、弥兵衛は「ねえ」と声をかけた。

「お道っちゃん、やっぱり来られないのかい」

元太は寂しそうに「へえ」と頷いた。

「長雨のせいで、親父の畑も青物が育たねえそうで。おいらの仕送りだけが頼りになっちまってね、お道の奴を遊びに出すどころじゃねえって話なんでさあ」

「そうかい。そいつは気の毒だが……来年こそは、だ」

「ですね」

応じて笑みを浮かべ、櫂《かい》を取る手に「えいや」と力を込めている。河原の桟橋までは、まだ少しかかりそうだった。相変わらず、三人とも口数は少ない。

そうした中、喜助が気の抜けた声を寄越した。

「さっきの、どこの殿様ですかね。今から商人に借金なんて」

弥兵衛は「西でしょうね」と素っ気なく返した。西国は関東や奥羽《おうう》に比べて実りの時が早い。梅雨明けから二十日ほどで米のできを云々《うんぬん》しているなら、間違いなくそちらの大名である。

「よっぽど手詰まりなんでしょう」

「お上は大丈夫かな……。この夏のご注文は？」

続けての問いに「まだですよ」とだけ応じ、半分ほど目を伏せた。

果たして「まだ」なのだろうか。或《ある》いは今年、幕府からの用命などないのかも知れない。

日本の米は関東から西で多くを作っており、そちらが不作なら全国が干上がることが多い。陸奥《みちのく》や出羽《でわ》などでも米は作っているが、江戸の夏がこれほど涼しいとくれば北の地もまず同じ、豊作は見込めまい。よしんば作柄が良かったとて、年貢は毎年決まった量を召し上げる「定免《じょうめん》」であり、余剰は百姓の取り分となる。それを吸い上げて世に回すなら、相応の財を使って買い取る必要がある。諸藩は元より、幕府の懐も寒くなろう。先ほどの屋形船ではないが、花火に高い金を払う余裕がどれだけあるだろうか。

　思う間に桟橋へと辿り着いた。元太が棹を差す傍ら、喜助がのっそりと船を下り、舳先の綱を桟橋の杭《くい》に括《くく》り付けている。

「ねえ喜助さん。元太さんも」

　船を下りた弥兵衛は、思い詰めた顔を二人に向けた。どうした、という目が寄越される。それぞれと眼差しを交わし、踏ん切りを付けて再び口を開いた。

「この秋から来年にかけて、新しい花火を試すのは少し控えようかと思う」

　篝《かがり》火《び》の下、二人の顔が強い驚きを映した。そうだろうな、という思いで頷きを返す。

「もちろん、全くやめるって訳じゃない。でもね……下手すりゃ鍵屋が傾くかも知れないんですよ。あたしらも身を守らなきゃね」

　皆まで言わずとも、二人は「身を守る」だけで察したようであった。西国が不作なら江戸の米は大いに値上がりする。そうした時、真っ先に削られるのは花火のような遊びに使う銭なのだ。

　大川端からほど近い横山町の店まで、三人の足取りはどこまでも重かった。

＊

「わ、た、ただ今帰りました！」

店に戻った元太の顔は、恐れを帯びて引き攣《つ》っていた。走り詰めだったのか、息も乱れきっている。額に軽く汗を浮かべながらも身は小刻みに震えていた。弥兵衛以下は今夜売り込む花火の支度をしていたのだが、驚いて手を止めた。

「どうしたの、元太さん」

店の奥、皆が住まう部屋の方から、弥兵衛の妻・佐代《さよ》も小走りに出て来た。市兵衛が椀に水を汲み、まずは、と元太に手渡す。元太はそれを一気に干すと、体を吊っていた糸でも切れたかのように肩の力を抜き、うな垂れた。

「どうしたもこうしたも。米屋から出たら囲まれちまいまして」

鍵屋は大所帯ではない。奉公する職人は市兵衛と喜助、元太の三人だけで、小僧も雇っていなかった。従って、最も若い元太は使い走りも役目のうちだ。今日も米屋に使いを頼んだのだが、飢えた町人に「少しでも恵んでくれ」と纏《まと》わり付かれたのだという。

「たんまり稼いでんだろ、俺たちの銭で肥えて贅沢《ぜいたく》してやがんだろって、恐《こえ》え顔で群がって来るんでさあ」

鍵屋の儲けはそう多くないが、御用商人、かつ夏の三ヵ月で一年の稼ぎを得ているだけに、思い違いをされやすい。その日暮らしの町人に比べれば、確かに多くを持っている。だが世の中に思われているような贅沢三昧《ざんまい》など、できる訳ではなかった。

市兵衛が「むう」と唸り、手の甲で目脂《めやに》を拭った。

「馬鹿も休み休み言えってもんだな、そりゃ」

「そう！　そうだろ、なあ父っつぁん。だいたい、あいつら花火に銭なんぞ使ってねえくせに。どこぞの殿様が上げるやつを、ただで見物してるだけじゃねえか」

少し落ち着いたか、元太の怯えは怒りに変わっていた。

「取りあえず怪我もねえみてえで何よりさ。俺みてえに腰でもやっちまったら後々に響く」

喜助がぎくしゃくした動きで座り、まあ落ち着けとばかり、のんびり宥める。元太は少し荒く鼻息を抜いて「はいよ」と頷いた。

「で、お米が届くのは明日？」

佐代が懸念して問うた。細面の二重瞼が不安を映し、厚い唇にも憂いが滲《にじ》み出ている。

元太の丸顔が渋く歪んだ。

「へえ。でも、また高くなりましてね。もう正気の沙汰じゃありませんや。五升で二分だってんですからね」

「何だって？」

二分。一両の半分である。弥兵衛は耳を疑い、目を丸くして身を乗り出した。

「いつもの年の十倍じゃないか。それじゃ誰も米なんぞ買えなくなる」

飢饉《ききん》の前触れである。鍵屋一同の口から言葉が消えた。

この享保十七年は、梅雨が長引いたせいで夏の訪れが遅く、また暑くもならなかった。こういう時には米に害が出る。稲の育ちが悪いのは無論、さらには雲霞《うんか》などの虫が付いて食い荒らされてしまうのだ。西国の四十六藩で二百三十万石余りのところ、今年は六十万石ほどしか取れていないと聞く。いつもの四半分では諸藩が蔵を開いても到底追い付くまい。

「こりゃあ旦那の言うとおり、うちも危ういんじゃねえですか」

十日ほど前、二発だけ花火を上げて帰った晩を思い出して、喜助が腕を組んだ。

「ねえ旦那」

市兵衛のしわがれ声に、弥兵衛は重い声で応じた。

「何です」

「花火の試し、手控えるって話でしたがね。今年はもう……やらねえ方が」

弥兵衛は「何言ってんです」と吐き捨てるように応じた。

「確かに、鍵屋も身を守るって言いましたよ。でもね市兵衛さん。だから何もしないってのは手抜きでしょう」

「でもねえ。あっしらが潰れちまっちゃあ、新しい花火も屁《へ》ったくれもありゃしませんや。悪い時にゃ、悪い時なりの過ごし方ってのがありまさあね」

　言い分は分かる。ゆえに、噛み締めるが如く二度頷いた。しかし弥兵衛はなお「いいえ」と返した。

「今年はもう、全く儲からないでしょう。言っちまえば世の中が悪い。でも、あたしらは職人でもあり、商人でもあるんです。世の中のせいにして文句を言うだけなんて、悔しいじゃないですか。今年がだめなら来年には倍稼ぐのが商人ってもんですよ。そのためには苦しくたって試し打ちをしないといけません。悪いなら悪いなりに自分の力で何とかする。そう思えなくなったら終わりですよ」

　鍵屋歴代もそうして店を守り立ててきた。江戸市中での花火遊びが禁じられ、ではどうすれば儲けられるかを突き詰めたのが今の形である。苦難の時に諦めては代々の当主に申し訳が立たない。そういう弥兵衛の気の張りが、皆を黙らせた。

　漂う息苦しさを断ち切ったのは、佐代の声であった。

「おまえさん」

「何だい」

「それで、皆で食べて行けるんですか？」

如何《いか》にしても世は未曽有の不作、誰もが食うものを得られず苦しんでいる。まず思うべきは命を繋ぐことではないのかと、佐代の大きな目が語っていた。

弥兵衛は「もちろんだ」と掠《かす》れ声を出した。

「米が四半分しか取れないなら、新しい花火の試しも四半分にすればいい。細々と食って行くだけは何とかなるだろう。それに」

お上とて手を拱《こまぬ》いている訳がない。不作をなかったことにはできないが、上がりすぎた米の値を下げる試みくらいはもう始めているはずだ。本当に苦しい時はあと少しで終わる。

そう出掛かったが、喉までで呑み込んだ。

「……とにかく店を潰さないように、できるだけのことはする」

言い残して、弥兵衛は店の奥、自らの部屋に下がった。悪いなら悪いなりに自前で何とかするものだと唱えながら、やはり最後には幕府を当てにせざるを得ないのだ。自分の言葉が上滑りしているのが情けなかった。

「狼煙方御用達か。名ばかりだ」

暗い廊下の途中で足を止め、ぽつりと呟いた。一介の花火屋には、どうしたところで世の動きまでは左右できない。頬に寂しい笑みが浮かんだ。

＊

遅く始まった夏は終わりが早い。いつもの年なら八月の半ばくらいまで暑い日が続くが、今年に限っては七月末に秋の気配が漂っている。欄干《らんかん》に擬宝珠《ぎぼし》をあしらった橋を踏む間も、堀の水を渡る風はやけに冷たかった。

「お召しを頂戴して参りました、鍵屋でございます」

江戸城北東の平河門《ひらかわもん》、弥兵衛は門衛の武士に深々と頭を下げた。こちらの顔は向こうも見知っていて、すぐに「通れ」と返される。門の両脇にある二人が幾らか身を縮めているように映った。衣替えまであと一ヵ月と少し、吹き晒《さら》しでの立ちん坊は辛かろう。

門を抜けてすぐ左手に三之丸の御殿がある。御殿とは言いつつ、造りは大店の商家より少し大きいくらいで、将軍の城の中では質素と言える佇まいだった。幕府の用で城に上がる際、或いは注文の品を届ける際、狼煙方の役人と会うのはこの御殿である。

「鍵屋でございます。平田《ひらた》様のお召しにて上がりました」

勝手口に至って声を上げる。召致は取り次ぎの武士にも当然知らされていて、待たされることなく御殿の内、入ってすぐの八畳間に通された。

「よう、来たな」

支度された座布団を外して座を取るなり、朗らかな声が入って来た。狼煙方の役人、旗本の平田左近《さこん》である。気さくな江戸訛《なま》りの四十男だが、顔はごつごつと厳《いか》めしい。そのせいで、どこまで親しんで良いのか分かり辛い人でもあった。

「やれやれ。今年は冷えんのが早《はえ》えなあ。ほれ、座布団くれえ使うもんだ」

平田は正面に座を取り、弥兵衛の脇にあるものをちょいちょいと指差した。勧めに従って萌《もえ》黄《ぎ》色《いろ》の座布団を敷く。畳の冷えが遮られて、少し人心地がついた。

「毎度どうも。早速ではありますが、今日はどのようなご用件で」

穏やかに問う。平田は苦笑しつつ右の掌でぽんぽんと空気を叩いた。

「花火屋を呼んだんだぜ。花火の注文に決まってんじゃねえか」

平田は懐から折り畳まれた紙を取り出し、すっと差し出した。にじり寄って会釈し、受け取ってまた下がる。目を通してみれば、流れ星を十、大桜を五と記されていた。額は二十両、お上の御用としては少なきに過ぎる。

「これっぱかりで、すまねえな。火車《かしゃ》の仕掛けも注文してやりてえところだが、こっちが火の車だけになあ」

そう言って平田は笑うも、目には楽しまぬものが見え隠れしていた。

「やはり御公儀も苦しいのでしょうか」

眼差しを引き締めると、向こうの顔に苦いものが増した。

「当たり前《めえ》さ。米の値が上がり過ぎてんのは、おめえさんも知ってんだろ」

「ええ。五升で二分なんて、誰が買えるものかって値ですから。そういう時に花火など、ご注文いただけるとは思っておりませんでした」

「上役の話じゃあ、上様は花火で楽しむおつもりなんぞ、これっぽっちもねえそうだ。御用達の店を潰す訳にゃ……てなもんさ」

町人は今、ひもじい思いを抱えて日々を暮らしている。そんな時に城で花火など上げれば、なるほど怒りを買うだけだろう。

「手前共へのお心遣い、痛み入ります。ですが」

「使う気もねえのに注文されても、かい？」

「いえ、まあ……そのとおりです」

平田は「はは」と笑った。今日、顔を合わせて初めての楽しそうな姿だった。

「正直な男だねえ。おめえさんは商人である前に職人って訳だ」

「何と申しますか、手前は思うのですよ。少しでも米の値が下がれば、上様も花火をお楽しみいただけるようになるのでは……と。まあ、もう暑い日もないでしょうけれど。御公儀でも何か手は打っていらっしゃるので？」

「そりゃあ、もちろんだ。だがねえ」

平田は歯切れが悪かった。

　そもそも米の値が上がり過ぎたのは不作のせいばかりではない。これまでは将軍直々《じきじき》の下命によって、米の値崩れを防ぐように諸々を整えていたのだ。不作になったから急に値を下げようとしても、一朝一夕に世の仕組みや流れまでは変えられない、というのが大きかった。

「そこら辺は畑違いだから、俺《おら》ぁ詳しいとこは知らねえがな。米方の御用達に、米を吐き出すように言っちゃいるらしい」

　ふと、梅雨の終わり頃の仕入れを思い出した。今年の硝石は酷く不出来だったが、品が足りないことを以て、質にそぐわない高値が付いていた。あれと同じではなかろうか。米問屋がまとめて吐き出しても、それで江戸の口を賄《まかな》えるかどうかは怪しい。値崩れを起こすとまでは――。

　とは、言いつつ。

「何となく、ですが。どうにかなるように思いますよ」

　弥兵衛は穏やかに笑みを浮かべ、一礼して座を立った。

　平田は「おう」と笑みを返しながらも、どこか値踏みをするような眼差しだった。どうにかなるように思うとは言ったが、実のところは「どうにかなってくれ」という願いだったのを、見透かされたようであった。

*

「飯が終わったら大川だからね。さっさと食べてくださいよ」

弥兵衛の声に、夕餉《ゆうげ》の膳を囲む職人たちが「へえ」と返して箸《はし》を取った。もっとも、長くかかりそうにもない。茶碗一杯の飯に澄まし汁と漬物が少し添えられたのみである。町人の飯は一汁一菜が当たり前だが、今夜はその一菜がない。鍵屋くらいの店になれば二菜が付くことも多かったのだが、ここ半月ほどこういう日が増えていた。おまけに、飯には半分ほど粟《あわ》が混ぜられている。

「米、安くなりませんやね」

ぼやきながら、元太が粟飯に汁をかけた。古漬をつまみながら大して旨《うま》くもなさそうに流し込んでいる。市兵衛と喜助、そして当の弥兵衛も同じような食い方だった。

初冬十月の初め、米は未だ高止まりしていた。五升で二分などという馬鹿げた値ではなくなったものの、いつもの年の五倍より安くならない。ひとえに、江戸に人が多すぎるためだった。

幕府は米問屋に多くを吐き出させたが、武士と町人、合わせて八十万という数だけに、十分に行き渡っていない。各藩にも蔵を開かせ、江戸に米を回すよう指図してはいる。しかし、そもそも西国諸藩は自らの領を賄うだけで手一杯、江戸に回せるものはごく少なかった。東国諸国の荷や北国からの廻船《かいせん》も急がせているが、ひとつの船が運ぶくらいの量では瞬く間に消えてしまう。

「ごちそう様でした」

あっという間に夕餉を終える。四人は粗末な膳に手を合わせ、重そうに腰を上げた。

今日は月に一度の試し打ちである。連れ立って外に出れば、とっぷり暮れていた。ひょう、と吹き抜ける夜風が冷たい。弥兵衛は少し身震いして、皆と共に大川端へ向かった。まだ宵の口だというのに横山町は静かであった。人通りがないのではない。誰も口を開かずに歩いているからだ。

道の向こうから、ひとりの男が大八車《だいはちぐるま》に箪笥《たんす》を運んで来た。車には箪笥の他に、四つか五つくらいの男の子が座っている。稚児は痩せこけた頬でぼんやりと父親に問うた。

「ねえ。おまんま食えるんだよね」

力のない声である。聞いた父親は「すまねえ」と掠れた涙声を漏らし、ゆっくり車を引いて、とぼとぼ通り過ぎた。

「質入れでしょうかね。上手く行かなかったみてえだ」

喜助が呟く。市兵衛が疲れたように溜息をついた。

「近頃じゃ、質屋も貸す銭が足りねえらしいからなあ。かわいそうなこった」

町人にとって常なる質種《しちぐさ》は着物であり、木綿の羽織を持ち込めば一分と二朱（一朱は一分の四分の一）ほどにはなる。また質屋は粋なもので、質種のない者には「返すまで月代《さかやき》を剃らない」という約束で貸すこともあるくらいだった。先の男は、簞笥ほどのものなら相当の銭になると踏んでいたのだろう。それが肩透かしを食らい、銭を作る当てがなくなったのに違いない。飢えた子に食わせてやれない情けなさ、親としての辛さが、肩を落とした後ろ姿から伝わるようであった。

皆が何とも言えない気持ちを持て余しながら、両国橋に至る。袂《たもと》には幽霊のように青い顔をした女が座って、月明かりに身を揺らめかせていた。

「誰か……お恵みを。この子に、お乳……」

女はうわ言のように唱え、骨と皮だけの胸から萎《しな》びた乳を垂らして赤子の口に含ませていた。形だけは吸わせているが、何も出ていないのだろう。

その姿を見て元太が俯き、小さく肩を震わせた。そして自らの懐を探り、銭を放った。

四文銭、一枚。今年の夏は商売が全く振るわぬまま終わってしまい、おまけに飢饉に見舞われたとあって、職人たちの給金も八分目まで減らさざるを得なかった。元太は、そのほとんどを河越の実家に仕送りしていながら、こうした物乞いを見るたびに少しずつ恵んでいる。たった四文でも精一杯の気持ちには違いない。

いつ如何なる時であれ、目の前で困っている者を見捨てるのは江戸っ子の恥である。市兵衛も喜助も、弥兵衛も、何も言わずに財布の紐を解《ほど》いた。

　そうする傍ら、元太が放った銭が転がって女の膝に当たった。女は右手に赤子を抱えたまま拾い上げ、左手で月にかざして、はらはらと涙を流した。

「あ、あ……。お銭《ぜぜ》。お銭だあ……これで、この子に」

乳を出すために何か食おうとしても、たった四文で購えるものなどない。それでも女は嬉しそうに、銭一枚を持った手を震わせて――。

　そのまま、ばたりと倒れた。

「お、おい！」

　駆け出した元太に皆が続く。女の元に至れば、こと切れていた。

「何てえこった。南無阿弥陀仏《なむあみだぶつ》、南無阿弥陀仏……」

　市兵衛の苦しげな念仏を聞きながら、弥兵衛は女の胸から赤子を抱き上げた。

「だ、旦那あ。どうなってんです」

　ぎくしゃくと足を運んだ喜助に、ふらりと顔を向ける。

「腰、良くならないねえ」

「え？　ああ、まあ。すぐに走れねえくらいですから。いえその……でも旦那、そんなこと言ってる場合じゃねえでしょうに」

　咎《とが》められて、弥兵衛は軽く鼻を啜《すす》った。

「喜助さんは、ましですよ。この子よりはね」

「え？」

覗き込む喜助の顔に赤子を近付けてやる。だらりと後ろに下がった頭、半ば開いたままの口。その形で総身が固まっていた。軽く身を仰け反らせた喜助に向け、やる瀬ない思いで首を横に振った。

「母親だけじゃない」

赤子も死んでいた。母親は飢えのあまり頭が働かなくなって、それすら分からないようになっていたらしい。

弥兵衛は赤子の骸《むくろ》を母の手に戻し、袖で目頭を押さえながら立ち上がった。

「試し打ち、今夜はよしましょう。こんなとこを見ちゃあね」

職人たちは無言で頷いた。ともあれ番所に報せねばと、橋のすぐ西、両国広小路の北詰にある橋番所の戸を叩く。

だが、留守であった。

「ここんとこ飢え死にが多いですからね。他にもこういう仏さんがあって、そっちに出払ってんでしょうな」

市兵衛のしわがれ声に、弥兵衛は「ええ」と頷いた。

「仕方ない。大伝馬町まで行きましょう」

俯いたまま、やや南西の大伝馬町まで連れ立って歩いた。表通りには大小の商家が並び、各々の間にある路地口は長屋の入り口になっている。部屋数の多い長屋は概《おおむ》ね大店の持ちもので、そういうところには夜盗に備えた木戸と門、そして木戸番所が備えられていた。

「ご免ください。横山町の鍵屋弥兵衛ですが」

「おう？　鍵屋の旦那が何の用でえ」

引き戸が開き、岡《おか》っ引《ぴ》きが顔を見せた。潰れた土佐犬のような面相、今日の番所詰めは岩本町《いわもとちょう》の甚五郎《じんごろう》親分だった。弥兵衛は手短に仔細を報せた。

「両国橋で行き倒れの女が死んでるんですよ」

甚五郎は眉をひそめ、明らかに面倒そうな顔になった。

「報せご苦労さん。と言いてえところだが……またかい。取りあえず中に入ってくんな」

無理もない受け答えか。初秋七月の半ばに米が値上がりして二ヵ月半、ここ十日ほど、食い詰めた町人がばたばた死んでいる。岡っ引きとて満足に食っているはずもなく、それでいて行き倒れが出るたびに調べに出向いているのだから、さすがにうんざりしているのだろう。

とは言え、一応は詳しく聞かねばならないのが十手持ちである。甚五郎は鬱々《うつうつ》とした顔で「ほう、ほう」と頷きながら、弥兵衛以下の話を帳面に書きとめた。

「……これで良し、と。あとはこっちの仕事だ。勘八《かんぱち》……ああ、俺んとこの下っ引きだが、今ちょっと使いに出てやがってな。奴が戻ったらすぐ橋に行ってみらあ」

「では、手前共はこれでよろしいですか？」

「ああ。鍵屋の旦那なら身元は固えし、今日はもう帰《けえ》っていいぜ。何かあったら、また話聞きに行くからよ」

「お役目ご苦労様です」

四人で丁寧に頭を下げ、番所を後にする。店に戻る道中も、どこかの長屋から運び出される棺桶を見た。

「飢え死にの　仏で飯を　食らいけり　桶屋ばかりが　なぜに儲かる……か」

ぼそぼそと漏らす喜助に、元太が「は？」と顔を向けた。

「何でえ兄貴、そりゃ」

「知らねえのかい。近頃、そこらじゅうでこういうのが詠まれてんだ。棺桶屋が死人の用で銭をもらうのは当たり前だがよ、仏になる奴がこう多くちゃなあ」

「桶屋だって、儲けて喜んじゃいねえでしょうに」

「違えねえや」

二人が、かさついた笑いを漏らす。市兵衛が「おい」と窘める目を向けた。

「それより元坊よう。ひとっ走り、先行って奥様に塩頼んどきな。特に旦那は赤子の骸を抱いちまったんだから」

元太は「へえ」と力なく頷き、小走りに先を急いだ。

市兵衛は年を取って目が悪く、提灯の明かりだけでは夜道も見えにくい。腰の悪い喜助は歩くのが遅い。弥兵衛たちは五町ほどの道に半刻（一刻は約三十分）ほどかけて、ようやく鍵屋の店先に辿り着いた。

が、様子がおかしかった。清めの塩を撒《ま》いてくれるはずの佐代がおらず、店の前では元太が呆然と立ち尽くしている。市兵衛が「うん？」と首を捻った。

「おい元坊。どうしたい」

「父っつぁん……これ」

指差す先には、倒れた男があった。

「またかよ」

喜助が途方に暮れた顔になった。番所の甚五郎ではないが、ひと晩で二度も行き倒れに出くわせば、さすがに気も滅入る。弥兵衛は小さく唸って足早に近寄り、倒れた男の脇に屈み込んだ。

「元太さん。申し訳ないが、また大伝馬町まで頼むよ」

「ええ？　たった今、帰って来たばかり――」

そうは言いつつ、人死にを放って置く訳にもいかない。おまけに店の前である。元太は「分かりましたよ」と、半ば泣きべそで駆け出そうとした。

そうしたら、転んだ。行き倒れの骸が足首を掴んだためであった。

「あびゃ、あああああ！　死、死しし、死人が動いたあっ。お、おいらの足、足足足、掴みやが、ががっ」

　これには弥兵衛も大いに驚いた。もっとも行き倒れが動いたからではない。元太の裏返った叫び声の大きさに、である。喜助がのそりと近付き、元太の頭をぺしりと張った。

「馬鹿かおめえは。死人が動くけえ。すんでのところで生きてんだよ」

「え？　生き……て？　生きてんのかい、こいつ」

　弥兵衛は「ふう」と息を吐き、行き倒れの男の肩を揺すった。

「ねえ、あなた。どうしなすったんです」

　男がゆらりと顔を上げた。

「め……し。二十日も……水、だけ」

　鍵屋の店先、閉まった引き戸がごとごと動いた。

「あ、おまえさん。今、すごい声が聞こえたけど」

　佐代である。元太の素《す》っ頓狂《とんきょう》な声を聞き付け、泡を食って飛び出して来たようだ。弥兵衛は、ほっと息をついて妻を見上げた。

「まず塩撒いておくれ。それから、この人に何か食うものを」

　佐代は訳が分からぬようだったが、夫の言い付けに従って塩を持ち、四人の胸から足許にぱっと振り撒いた。弥兵衛は元太と共に男を助け起こし、店の中に引き摺って行く。作事場の行灯に火を入れる間に、粟飯の残りで握った塩結びが二つ運ばれた。

　男は結び飯をひとつ取ると、がぶりがぶりと二口でやっつけた。しかも、ろくに嚙まずに呑み込んでしまう。あまりに目覚しい食い方であった。だがすぐに「あ」と悔いた目になって、二つ目は米や粟をひと粒ずつ啄《ついば》み始めた。

　やがて男は弥兵衛と佐代、市兵衛、喜助、元太――五人の目があることを思い出し、飯を中途にして頭を下げた。

「ありがとう……ごぜえやす。どこの誰とも知らねえ野郎に、こんな」

　おどおどした姿を目にして、弥兵衛は「なに」と苦笑を浮かべた。

「目の前で困ってる人を見捨てたとあっちゃあ、江戸っ子の名折れですよ。それより、あなた。ご自分でも言ってましたが、どこの誰なんです」

「あ。へ、へえ。あっしは新蔵《しんぞう》って言いまして。元々は大工《でえく》だったんですが」

　この男――大工の新蔵は、見たところ二十四、五歳だろうか。細面に眉尻も目尻も下がった顔が、如何にも貧相で頼りない。聞けば棟梁《とうりょう》の元から放り出されたという話だった。

　梅雨が明ける前の頃、両国橋を渡った東側、本所界隈の長屋普請の話があり、新蔵は棟梁の名代として使いに出されたそうだ。そして普請の代金について談合をしたらしい。

「けどね……相手が悪くて。そりゃもう、押しが強いの何の。値切られた上にまた値切られて、どうやってても大赤字ってのを呑まされちまいました」

　話す間、新蔵はずっと何かに怯えているようだった。時折飯を口に運ぶが、衆目の中で呑み込むのにも苦労している。

「そんな値じゃ受けらんねえって、断りゃ良かったじゃねえか」

　呆れ顔の市兵衛に、新蔵は涙目になった。

「何言ってんです。それができりゃあ苦労はありませんて。こう見えても、あっし……気が弱《よえ》えんですよ。そこには自信があります」

「肝っ玉が小せえくれえ、見りゃ分からあ。そんなもんに自信持ってどうすんでえ」

「で、てめえなんぞ出てけ！　てな話になった訳かい」

　喜助がぴしゃりと叱りつけ、元太が先を促す。新蔵はか細い声で「へえ」と応じ、さめざめと涙を流した。

「元々ね、棟梁の娘さんと夫婦《めおと》になるはずだったんです。でも普請の話し合いでしくじって、そいつもご破算になっちまいまして」

　以後は川で水浴びをしながら野宿を繰り返し、わずかな銭を大事に使いながら細々と食い繋いできたらしい。しかし二十日ほど前に銭も尽き、ついに手詰まりとなった。

　弥兵衛は「なるほど」と頷いた。

「でもね、あなた腕は確かなんでしょう。でなけりゃ棟梁も娘の婿になんて思わないし、普請の話し合いを任せるはずもない。だったら大工仕事で身を立てられそうだけどねえ」

新蔵は「とんでもない」と身を仰け反らせた。

「注文ひとつ満足に取れねえ奴だって話は、他の棟梁にも知れ渡っちまってんです。おまけに、この飢饉でしょう。今の大工は閑古鳥《かんこどり》が鳴いてんですよ」

佐代が「ふうん」と、気の毒そうに眉をひそめた。

「じゃあこの先、身の振りようもないのね」

「……あの。それなんですが」

消えそうな声を出した新蔵は、二つ三つ数えるほどの間、黙っていた。が、不意に残りの結び飯を口に詰め込んで、作事場の床板に額を打ち付けんばかりに平伏した。

「あっしを、ここに置いてくだせえ。飯の恩を返《けえ》してえんです」

大声を出したかと思うと、平伏したままの格好で、へなへなと突っ伏した。一気に飯を呑み込んだのは、どうやら踏ん切りを付けるためだったようだ。

佐代が「え？」と目を丸くして、こちらを向いた。この人は何を言っているのかと確かめるような眼差しである。だが顔を向けられた弥兵衛も、ぽかんと口を開けるばかりだった。

「お願《ねげ》えです。行く当てもねえ身で……。使い走りでも、何でもしますから」

泣き声で懇願され、弥兵衛は腕を組んだ。鍵屋とて夏の商売が振るわず、米の高値にも悩まされて、去年までの蓄えを取り崩そうかというところまで来ている。この上、花火も火薬も扱ったことのない者を抱えるというのは——。

　困り顔を見たのか、市兵衛が小さく頷いて新蔵に向いた。

「悪いがねえ、手は足りてんだ。おめえさん花火のこたあ何も知らねえんだろう？」

「あの。でも、ですね」

　突っ伏した格好から、屁ひり腰で顔だけを上げる。喜助が鼻で笑った。

「大方、居候でただ飯にあり付けるとでも思ってんだろうさ。だめ、だめ。他当たんな。なあ元太、おめえもそう思うだろ」

「まあ……ね。新蔵さんて言ったかい、その飯食ったんなら分かるだろ。半分は粟なんだぜ。うちも苦しいんだ。使いっ走りがいりゃあ、おいらぁ楽になるんだけどね」

　口々に言われ、新蔵は元々下がっている眉と目をさらに下げ、泣き顔でおろおろするばかりだった。弱気の塊のような男は、ここに置いてくれと頼むだけで全ての意気地《いくじ》を使い果たしてしまったようだ。

「……分かりました。すみません、迷惑かけて」

　新蔵は伏せていた身を起こし、しょぼくれた気配を漂わせて外に出ようとした。泣きべその目は虚ろで、まるで冥土でも眺めているようだった。

　その、丸まった背に声がかかる。佐代であった。

「お待ちなさいな」

涙と洟汁《はなじる》を垂らした顔が振り向く。

「……そ、その。飯の……お代とか？」

「何言ってんです。うちに置いてあげますよ。いいでしょう、おまえさん」

弥兵衛は言葉に詰まった。向けられた佐代の目が「このままでは新蔵が死んでしまう」と語っていた。

「いや、お佐代……しかしだね」

「しかしも案山子《かかし》もありません。あたしはもう六年も鍵屋の台所を預かってんですよ。夜の仕事だからって、住み込みじゃない市兵衛さんと喜助さんの分までお膳を支度してきたんです。ひとり増えるくらいなら、十分にやり繰りして見せます」

佐代はなお言う。世は飢饉の真っ最中で、何があるか分からないのだと。

「住み込みが元太さんだけじゃ、物騒ってもんですよ。泥棒にでも入られた時、ひとりでも多く男がいた方がいいでしょう」

「あのねえ奥様。そんな時に、この腰抜けが役に立つと思いますかい？」

喜助の顔がますます渋い。しかし佐代は「人のことは言えないでしょう」と返した。

「この人が腰抜けなら、喜助さんは腰が立たないじゃない」

かわいそうに、という思いが強いのだろう。佐代に引き下がる気はなさそうである。溜息をひとつ、弥兵衛は「仕方ないね」と新蔵に向いた。

「家内がこう言ってますから。ここにいなさい」

「い、いいんですか」

「痩せても枯れても狼煙方御用達・鍵屋の六代目です。二言はありません」

鍵屋では店の金と台所の金を、きっちり分けていた。毎年の稼ぎから「これだけ」と佐代に渡し、一年を賄ってもらう。その中でやり繰りすると言うのなら、肚《はら》を括って信じるしかない。

「それに、このまま放り出すのもねえ。どうせ、また十日もすりゃあ行き倒れでしょう。あなたが死んだなんて聞いたら後味が悪くて堪りませんよ」

苦笑して続ける。新蔵は先までと違う涙でめそめそと泣き、三人の職人たちは「やれやれ」と呆れ顔だった。

明くる日から、新蔵には掃除と飯炊き、使い走りの仕事が与えられた。他にできることはないが、とにかく独楽《こま》鼠《ねずみ》のように良く動く。居場所が見付かったのが嬉しくて堪らないという風で、誰に何を言われても嫌な顔ひとつ見せない。気のいい男だった。

そういう姿を見れば、大工の棟梁が婿に迎えようとした訳も分かる。職人たちの見る目も次第に変わり、皆が新蔵を受け容れるようになった。

「おい新公。父っつぁんの周り、ちゃんと掃除しとけよ」

喜助に言われて、新蔵が「ただ今」と小走りに進む。そして、転んだ。市兵衛が転がしてしまった火薬玉――星を踏んで滑ったようである。

「新さん気ぃ付けろよ。下手したら、ドカン！　だぜ」

「ええ？」

元太に脅かされて、新蔵の顔が真っ青になる。

「嘘だけどな。パン、くれえのもんだ。まあ火傷はするけどよ」

そう言って元太は笑い、釣られて喜助と市兵衛も肩を揺らす。皆の様子を見て、弥兵衛の顔も小さく綻んだ。

冷え込みも厳しくなった十一月、飢饉は未だ落ち着く気配がない。飯も少なく粗末なままである。それでも鍵屋の中には、少しばかり嫌な世相を忘れられそうな空気が漂っていた。

二　享保の打ち壊し

川上稲荷《かわかみいなり》の小さな社《やしろ》には、狐《きつね》の像が二つ並んでいる。弥兵衛はその中央に黍餅《きびもち》を供え、右手の鈴を鳴らした。作法どおりに二拝、二拍、一拝。市兵衛に喜助、元太も後ろに並び、皆で参拝を済ませる。年が改まり、享保十八年（一七三三）の正月五日を迎えていた。

「さて仕事始めだ」

引き締まった声で発し、職人たちに向き直って「帰りましょう」と促す。三人が「へえ」と応じ、身を屈めて低い鳥居をくぐった。弥兵衛もその後に続く。

稲荷から出れば両国広小路、大八車の六つや七つは並んで通れそうな大通りであった。すぐ左手には橋番所があり、今日も奉行所の同心や岡っ引きが忙しなく出入りしている。

「松の内だってのに、まだ人死には続いてんだな」

元太が辛気臭い顔を見せた。さもあろう、番所のすぐ向こうは両国橋の袂である。母子の行き倒れに出くわした晩を、嫌でも思い出してしまう。日差しに煌《きら》めく大川を見ても、新春を祝う気分だけではいられない。

「気持ちは分かるがよ、しゃきっとしろい。俺からもよう、もう人死にが出ませんようにって、お稲荷さんにお願いしといたからよ」

喜助にパンと背を叩かれ、元太が「へえ？」と右脇を向いた。

「兄貴にしちゃあ優しいこった」

「何言ってやがんでえ、べらぼうめ。何のための稲荷詣《もうで》か分かってんのか。飢饉が落ち着かなけりゃ、今年の夏も商売上がったりだろうが」

稲荷神社は花火師の守り神である。社に鎮座する二つの狐は右側が玉を、左側が鍵を咥《くわ》えており、鍵屋の屋号もこの鍵に由来していた。そのため、正月一日に神田明神《かんだみょうじん》への初詣をするのとは別に、仕事始めの朝に稲荷詣をして商売繁盛を祈願するのが毎年の習わしであった。

「ともあれ、今夜は久しぶりの試し打ちですからね。お稲荷さんにお祈りしたからには、きちっとやりますよ」

職人たちに念を押し、弥兵衛は稲荷からほど近い店に戻った。

しかし、いささか様子がおかしかった。鍵屋の前には肩に頭陀袋《ずだぶくろ》を引っ掛けた男がいて、少しだけ開けられた戸口に齧《かじ》り付いている。何やら大声を出しているようだが、店の中に顔を突っ込んでいるせいで良く聞こえない。

　弥兵衛は幾らか足を速めて、男の背から声をかけた。

「どちら様で？　うちに何かご用ですか」

　すると、戸口の陰で小さくなっていた新蔵が「助かった」という顔を見せた。

「旦那様、良くぞお戻りなさいました。ねえ聞いてくださいよ。この人――」

「おうおう、あんたが鍵屋の旦那かい。いやはや助かった。この三下じゃ話にならねえの何の、吉原で年増の夜鷹でも出されたみてえなもんだったぜ」

　男は大声で捲《まく》し立てて新蔵を黙らせ、げらげらと笑った。背格好は人並みだが、面立ちには如何にも押しの強そうなものが見える。鰓《えら》が張って縦に長い五角の顔、彫りの深い二重瞼は鼻筋に寄り、目つきもきつい。年の頃は元太より少し若いくらいだろうか。

「御公儀の御用達なら儲けてんだろ？　俺っちの品、買ってもらえるんだろうね」

　何の話かさえ分からずにいるのに、この言いようである。呆れて新蔵に目を遣ると、気の弱さをそのままに、おずおずと口を開いた。

「買え、買えってしつこいんですよ。もう、あっしはどうしていいのやら……」

「だから！　おめえじゃ話にならねえって言ってんだろが。黙ってろこの、すっとこどっこい」

　男は再び新蔵を怒鳴り付けて黙らせ、にたにたとした目をこちらに向けた。

「売りもんは鉄でえ。花火の火薬に使うって聞いたもんでな。てえことで、頼むよ旦那。

こちとら六日も飯食ってねえんだ」

言いつつ肩の頭陀袋を下ろし、中に手を突っ込む。引っ張り出されたのは錆《さ》びた鉄瓶だった。

屑鉄《くずてつ》売りか。鋳物《いもの》の種にするか包丁に打ち直すくらいしか使い道のないものを商っているのでは、飢饉でなくとも儲かるまい。まして今は、誰もが今日を食い繋ぐので精一杯だ。鋳物も包丁も売れないのだから、その種となる屑鉄も売れなくて当たり前である。

「こいつぁ、この京次《きょうじ》さんの取って置きだぜ。何しろ天下の南部鉄瓶だ。少しばっかり錆びちゃあいるが、どうせ花火で燃やすんなら構わねえやな。さあ買った買った」

やはり押しが強い。弥兵衛は少し閉口し、ひと呼吸を置いて応じた。

「京次さんとやら。あのですね」

「お、毎度ありい！　こいつは二分もする品だが、錆びてやがるから半値でいいぜ。いやあ、いい買い物だ」

「そうじゃありません。買いませんよ。お引き取りを」

押し売りに近いやり方に幾らか苛立《いらだ》って、ぴしゃりと断る。強い語気が相手を口籠もらせた。

「見ろ新公。ひと言で済むってえのに、これっぱかりも言えねえのか」

喜助が新蔵の頭をぺしりと張った。それが合図とばかりに、京次は目を吊り上げた。

「おうおう、おう！　買えねえってのは、どういうこった。岡場所行って女買わねえ奴がいるかよ。花火は鉄、使うんだろ？　使うもの買わねえで、どうやって打ち上げんでえ」

先には吉原だの夜鷹だの、今度は岡場所だの、いちいち喩《たと》えに品がない。元太が呆れ顔を見せる。市兵衛が苦笑して「待ちなよ」と口を挟んだ。

「おめえさん、そいつを燃やせんのかい」

「ああ？　何言ってやがんだ、この爺《じじい》は」

「花火ってのはな、鉄が燃えて明るい火が出るんだよ。そんな塊、どうやったって燃やせねえだろう。花火に使うのは砂鉄だ。粉々になった、鉄の砂さ」

　市兵衛は、なお説いて聞かせた。

　硫黄、硝石、炭の粉に砂鉄、それらを混ぜたものが花火に使う火薬である。どの木で作った炭をどのくらい混ぜるか、砂鉄をどのくらい混ぜるかによって、火花の明るさと色には幾らかの違いが出るものだ。弥兵衛たちが試し打ちを繰り返すのも、それを探るためである。

「塊じゃあ、どうやったって他のものと混ざらねえ。使い物にならねえんだ。分かったら、とっとと帰んな」

　諭す口ぶりに、京次はすっかり黙り込んでいる。それでもすぐに立ち去ろうとしないものだから、喜助が痺《しび》れを切らしてじろりと睨《にら》んだ。

「帰らねえってんなら、番所に突き出すぜ」

京次はがくりと肩を落とし、右手の南部鉄瓶をふらりと持ち上げて悄然《しょうぜん》と目を落とす。そして、次には喚《わめ》き散らした。

「畜生、畜生め！　売れねえんじゃあ、今日も飯食えねえってのか！　こんなもん」

あれよと思う間もなく鉄瓶を投げ、狭く開いた戸口の内、新蔵の足許に叩き付けた。パンと乾いた音と共に、ひと際明るい火花が散る。

弥兵衛は「え？」と目を見開いた。その傍らでは、新蔵が不意の音に驚いて大声を上げる。

「あっぴゃああ！」

腰を抜かし、尻餅を突いた脇では、鉄瓶を投げ付けた当の京次も目を丸くしていた。喜助が失笑し、元太が「おいおい」と腕を組んだ。

「父っつぁん。まぁた星が転がってたみてえだぜ。新さんも掃除番なんだからよ、きちんと拾っとかねえと駄目だろうが」

「こいつぁ……面目ねえことで。旦那、すみません」

市兵衛が小さくなって詫びるも、弥兵衛は「ああ」と生返事を返すのみだった。頭の中は、たった今の強い光で埋め尽くされていた。

いったいどういう訳なのだろう。これまでどういう按配《あんばい》に炭や砂鉄を混ぜても、あれほど明るい火花は作れなかったのに。狭くしか戸口が開いていない以上、店の中は暗がりである。それでも朝日が顔を出し、夜のような闇ではない。そうした中で、あの明るさは――。

弥兵衛は戸口から中に入り、店先の土間に転がる鉄瓶を拾い上げた。そして再び外に出ると、手にしたものを隈《くま》なく検分していく。

「こいつは」

錆びた鉄瓶には、ごくわずかの欠けがあった。それも新しい。たった今、京次が投げ付けた時にできたのだろう。黒文字――爪楊枝《つまようじ》の先ほどの小さな欠けは、南部鉄瓶の地の黒さではない、磨き上げられた刀のような色であった。

弥兵衛は唸った。

花火に使う砂鉄は海や川の砂から取り出しただけのもので、それを火にくべて溶かすと鋳物や刃物に使えるようになる。溶けた鉄は恐ろしく熱い。その熱で雑多な混ざりものが焼き尽くされて地金《じがね》となり、地金を磨けばこうした艶《つや》やかな肌になる。

「もしかしたら……。いや。試してみる値打ちはある」

呟いて、絶句したままの京次に向いた。

「あなた、屑鉄売りなら鉄の扱いもできるんじゃないですか？」

「ど……どういう？」

「この鉄瓶、研ぎ上げてから細かく割って、粉にできませんかね」

京次は「ああ」と得心顔で頷いた。

「量り売りだからな。鉄を割って売るくれえはしてたさ。まあ……粉みてえに細かく割ったこたあ、ねえけどよ」

「なら試してみてください。今日からうちに住み込みで」

「お！　じゃあ、あれかい。飯も食わせてもらえるのか」

「もちろんです。鋳物は全て買い取ります。あなたも、うちで雇いましょう」

これを聞いて市兵衛が、そして喜助と元太も血相を変えた。

「待ってくだせえ、旦那」

「こんな野郎、鍵屋に置くってんですかい」

「ただでさえ金がねえってのに？」

新蔵だけは苦言を吐かないが、おろおろしながら「あの、あの」と繰り返している。弥兵衛は皆を見回して深く頭を垂れた。

「頼むよ、皆。あたしの睨んだとおりなら、こいつは新しい花火になるはずなんだ。お稲荷さんのご託宣だと思って、曲げて聞いちゃくれないか。あとひとり増えたところで、店の蓄えを取り崩しゃあ何とかなる」

四人がどんよりした溜息をつく。それを聞きながら頭を上げ、もう一度「頼む」と頭を下げ直した。

市兵衛が「分かりましたよ」と返した。

「また星を転がしちまったんじゃあ、あっしは強く言えませんや。それに……何でしたっけね。ああそうだ。世の中が悪かろうと、悪いなりにてめえで何とかするっていう、あれでしょう」

「ええ。それです」

顔を上げれば、市兵衛は「仕方ねえな」という苦笑いを浮かべていた。

年嵩《としかさ》の市兵衛が認めてしまうと、喜助も元太も何も言えないようであった。二人も渋々という風に頷き、新蔵もその後を追う。ひとり京次だけが「飯だあ」と大騒ぎしていた。

*

「えい、や！」

元太の掛け声に続き、鉄と鉄のぶつかる音がする。鉄瓶を金槌《かなづち》で叩き割ろうとしている音であった。キンキンと続けられると、いささか耳障りになってくる。

「だめだ……。おい京の字、割れねえじゃねえか」

「だからよう、元さんは臍《へそ》を叩いてんだって。石を割るにも目を叩けって言うじゃねえか。

あれと一緒だって何べん教えたら分かんだ、あんたは」

作事場の奥で元太と京次が言い合いをしている。威勢が良いのは花火屋らしいと言えるのだろうが、どうにもうるさくて敵わない。弥兵衛は葦《あし》の茎《くき》に突き込んだ細い金棒を抜き取り、その先で床板をこつこつと叩いた。

「元太さん、もういいから。割るのは京さんに任せて、あなたは他の支度を進めてくださいな」

「おいらにも鉄割りを覚えろって、旦那さんが言ったんじゃねえですか」

「餅は餅屋ってことです。京さんには炭の支度は任せられませんし」

「まあ、そうですがね」

少し不服そうながら、元太は京次に金槌をぽんと放って渡し、炭を粉にする薬研に向かった。京次は「ふふん」と鼻で笑い、軽く金槌を振るう。鉄瓶の分厚い肌が、いとも容易《たやす》く割れた。

一月五日――仕事始めの晩の試し打ちは、取り止めにしていた。鋳物の鉄なら、もっと良い火薬ができるはずと信じたがゆえだった。あれから三日が経ち、一月八日である。

京次は叩き割った鉄瓶をさらに細かくして、親指と人差し指で輪を作ったくらいの大きさを作った。それを睨むように見ると、また金槌を振るう。鉄の欠片《かけら》は三つに割れ、その各々がまた三つずつに割られた。

「ほらよ、元さん」

　小指の頭ほどになった幾つかの鉄が、元太の膝元にばらりと置かれる。元太は「はいよ」と無愛想に応じ、ひとつを摘み上げた。台に置かれた目の細かい鑢《やすり》にそれを当て、ごりごり削る。そうして粗い粉を作り、さらに薬研で細かくして火薬に混ぜねばならない。やるべきことが多いせいか、或いは京次と反りが合わないせいか、元太はもう無駄口を利かなかった。

　ともあれ、ようやく静かになった。弥兵衛は自らの仕事に戻り、葦の茎に金棒を突き込んで丹念に節を抜いた。抜き終えると隣の市兵衛に渡す。市兵衛は棒鑢で茎の内側を小刻みに磨いた。

　作っているのは、初代・鍵屋弥兵衛が考え出し、江戸町人の間で大いに流行《はや》った玩具花火だった。葦の茎に火薬の星を幾つか詰め、親導の火で一発ずつ打ち出すものである。火薬を試すための打ち上げには、いつもこれを使っていた。

「旦那さん、できましたよ」

　短い日が傾き始めた新春の昼下がり、元太が薬研ごと火薬を持って来た。

「どれどれ」

　砂鉄ならば炭の黒に紛れてしまうのだが、今日の火薬には硝石とは違う煌めきが見て取れた。少し粒が大きい気がするが、鋳物の鉄もこのくらい細かくなれば燃えるだろう。

「いいでしょう。新蔵さん、桶」

店の奥、住まいにしている方から「へえ」と声が返り、少しして桶に水が運ばれた。新蔵は夕餉の支度を手伝っているのか、前掛けに襷《たすき》という格好だった。

「市兵衛さん。あたしと元太さんで釜を回しますから、水、お願いしますよ」

火薬を釜に入れ、少しずつ水をかけながら回すと玉になる。こうして仕上げるのが、火で弾ける花火の肝、星であった。

斜めに傾いた釜を挟んで、弥兵衛と元太が向かい合って立つ。たった今混ぜ合わせたばかりの火薬を釜に入れた。釜の底は轆轤《ろくろ》になっていて、大人二人で息を合わせれば楽に回る仕組みである。そうして回すところへ、市兵衛が頃合を計ってちょろちょろと水を加えた。

「……よし。水は、このくれえで十分だ」

「はいよ父っつぁん」

市兵衛の水掛けが終わると、元太と弥兵衛の釜回しはさらに手が早まった。粉だった火薬が水を含んで固まり、次第に無数の小さな粒に変わっていった。

「ようし、そろそろ二分玉だ」

弥兵衛が呟き、元太が「へえ」と返す。一寸（約三センチメートル）の、五分の一。星がその大きさになると、釜を回す手が止まった。黒い粒の群れが二尺（一尺は約三十センチメートル）四方の盆にあけられた。

「兄貴、煽ぎの方は頼まあ。腰が悪くたって、そのくれえできるだろ？」

「はいよ」

元太が呼びかけると喜助が団扇《うちわ》を取り、ぎくしゃくと歩いて来る。練り固めるのに使った水気を飛ばさねばならない。

盆の上で転がしながら煽ぐこと二時《ふたとき》（一時は約二時間）ほど、以後は作事場に一昼夜置いて全ての水気を抜いた。

そうして翌一月九日の夕刻、星が仕上がる。弥兵衛は葦の茎ひとつに親導と六つの星を入れ、十本の玩具花火を仕立て上げた。

「さて、行きますかね」

皆で夕餉を取った後、弥兵衛と市兵衛、喜助、元太が試し打ちの花火を持って大川端に向かった。新蔵には作事場の掃除を、京次にはさらに鉄を割るよう言い付けていた。

新春の夜、大川端は暗く寂しい。夏には大名相手の船宿が屋形船を支度する明かりがあり、鍵屋で玩具花火を買って遊びに出る者もいるが、冬と大差ない頃ではどちらの喧騒もなかった。吹き抜ける一陣の風は川渡りだけに冷え冷えとして、身も凍りそうである。

「うう寒い。旦那、早いとこ終わらせて帰りましょうぜ。腰に響かあ」

「打ち方の喜助さんが、そんなこっちゃ困りますね」

言いながら、葦の茎で作った花火を土手に立ててゆく。各々の間は大股で二歩、喜助は「やれやれ」とぼやきながら、火種を持って右端に向かった。

「それじゃあ、頼みます」

弥兵衛の声に応じて親導に火が点けられる。暗い火花が下から上へ、ぱちぱちと走って葦の筒に消えた。

しゅっ、と音がして星が打ち上がる。小さな火の玉は、これまでに作ったどんな火薬よりも明るい光の尾を引き、寸時だけ周囲の闇を払った。そして軽く小石を投げ上げたほどまで飛び、闇に溶けて消える。二つ、三つ、四つ、飛んでは消え、消えては飛び、二十を数えるほどで玩具花火一本が終わった。

「……よし」

思ったとおりだ。砂鉄より、銑鉄《せんてつ》を粉にした方が明るい。弥兵衛は満面に笑みを弾けさせ、喜助に「次を」と指図した。

やがて十本の葦花火が全て終わる。三人の職人は口々に「凄い、凄い」と囃《はや》し立てた。

「今までのより、ずっと明るいじゃねえですか」

「次にゃあ炭を変えて、他の色も試してみましょうや」

「いやはや、京の字を雇うって聞いた時にゃあどうなるかと思いましたがね」

元太は素直な驚きを、喜助は次が待ち遠しいという思いを、市兵衛は一面の安堵を口にした。どの声も熱っぽく、そして少しばかり浮ついていた。

弥兵衛は先に浮かべた笑みを捨て、敢えて平らかな面持ちで注文を付けた。

「今日のところはね。でも、まだ明るさのばらつきが大きい。京さんと元太さんには、もっと鉄の粒を揃えてもらわないと。さあ帰りましょう」

とは言いつつ、胸には確かな昂りがあった。この火薬を突き詰めれば、かつてないほど明るく華やかな花火を作れるはずだ。きっと人々は驚いてくれる。飢饉の翌年ゆえ太平楽に構えてはいられないが、儲け損なった去年の夏を補って余りある商売になるだろう。

帰り道、弥兵衛は皆の目を盗んで頬を緩めた。


ところが、その晩――。


妻の佐代と蒲団を並べ、枕元の行灯を吹き消して少しの後。まどろみかけたところを、外の騒ぎに叩き起こされた。

「大変だ、おい！　火事だあ」

叫びながら走り回る者がある。声の聞こえた方からして、店の前の大通りだろう。花火屋にとって最も聞きたくない言葉に、弥兵衛は飛び起きて妻の肩を揺すった。

「お佐代、起きろ」

佐代も既に目は開いていたようで、ぴんと張ったものを身に纏ってすぐに身を起こした。

「火事？」

「そうらしい。あたしは元太さんと様子を見て来るから、おまえは新蔵さんと京さんに頼んで蔵の周りと屋根に水撒いておくれ」

店の奥に当たる住まい、縁側前には小さいながら蔵があって、硫黄と硝石を収めていた。どこの火事かは知らないが、火の粉をもらう訳にはいかない。

「元太さん。元太さん！」

寝巻を外し、着物を着流しながら呼ばわると、元太はすぐに駆け付けた。心得たもので、新蔵と京次も起こして連れて来ていた。

「どこの火事です」

「まだ、そこまでは。あたしと元太さんで様子を見に行きますよ」

元太は張り詰めた声で「へえ」と応じ、眠い目を擦る二人に怒鳴るような声を向けた。

「新さん、京の字。二人は水撒きだ」

京次は何を言われているのか分からぬらしい。欠伸《あくび》で開いた口のまま、ぽかんとしていた。対して新蔵は鍵屋に住み込んで数ヵ月、水撒きの示すところを知っている。もっとも肝の小さな男よろしく、ついにその時が来てしまったとばかりに引き攣った顔だった。

「何て顔してんでえ。新さん大工だったんだろ？　梯子《はしご》なんぞはお手のものじゃねえか。

ほら、しゃきっとしろい」

元太に背中を強く叩かれ、新蔵は小刻みに幾度も頷いた。

「行きますよ」

声をかけ、元太と連れ立って外に出る。二人と同じく外に出て来た者も多く、某かの職人や商家の奉公人たちが寝巻姿で南の赤い空を眺め、ざわついていた。

弥兵衛と元太も、すぐに皆と同じ空を仰いだ。

「まずいですよ元太さん。ずいぶんと近いようだ」

「ええ。霊岸島《れいがんじま》の辺りでしょうかね」

大川の河口、八丁堀《はっちょうぼり》の東にある湊町である。横山町の鍵屋からはわずか半里ほど、あまりに近すぎる。元太は眉根を寄せつつ人差し指を舐め、すっと持ち上げて風向きを読んだ。

「酉《とり》か……申《さる》ですね」

西、または南西からの風。新春の宵は未だ寒いが、真冬の戌亥《いぬい》風――北西からの風よりも南寄りになっている。下手をすれば火の手はこちらに来るかも知れない。

「行きましょう」

「合点」

頷き合い、ばらばらと道に散った人の間を縫いながら南へ走る。軽く息が上がるほど駆け続けた頃、霊岸島から逃げて来た人々に出くわすようになった。

「おい、おめえら何してんでえ！　邪魔だ、どけ」

風呂敷包みを背負った男に怒鳴り付けられる。弥兵衛と元太は道の端に寄り、喚きながら走る群れを眺めて安堵の息をついた。

「どうやら、こっちに火は来ないらしい」

「ですね。皆、横山町やら馬喰《ばくろう》町《ちょう》やらへ向かってますぜ」

つまり火は北には――鍵屋のある方には広がっていないのだ。とは言いつつ、火薬を扱う商いだけに、これで大丈夫と高を括ってはいられない。風向きが変わらないと言いきれない以上、検分を続ける必要はある。二人はなお霊岸島を目指し、逃げる町人を妨げないようにと、道の隅に足を速めた。

やがて野次馬の群れに行き当たる。人垣の向こうには燃え盛る町と、炎の只中で身を躍らせる町火消しの姿があった。

「そうれ！　ここだ、ここだあ！」

屋根の上で火消しが纏《まとい》を振り上げる。捻りを加えて「千組」の印が掲げられ、その下でばらりと房飾りの馬簾《ばれん》が広がった。纏のある屋根が焼けてしまえば、当然、纏持ちも命を落とす。そうはさせじと、千組の衆が手前の家に群がり、鳶口《とびぐち》や大木槌で壊していった。

家々を壊し、火の勢いが弱まれば水をかけ、丑三《うしみ》つ時《どき》（二時半頃）を少し過ぎてようやく火事が消し止められた。もっとも今日ばかりは「草木も眠る」とはいかない。焼け出された町人はもちろん、火事場を見に来た者や火消し衆も気が昂っている。それは弥兵衛も同じであった。

「とりあえず帰りましょう」

「そうですね。まあ今夜は眠れねえとは思いますが」

野次馬たちが火消し衆にやんやの喝采を送る中、二人は静かに火事場を後にした。

ゆっくり歩くうちに、少しずつ人々のざわめきが減ってゆく。弥兵衛は小さく溜息をついた。

「何度見ても、火事ってのは嫌なもんだ」

「まあ、町中での花火がご法度になったのも分かりますさあ」

そう応じて、元太は「でも」と続けた。

「今日んとこは良しとしましょうや。うちに火が回らなかったんですから」

「……いえ。それで良し、とはできませんよ」

足を進めながら懐手に腕を組み、渋い顔で俯いた。

「ああいう火を見たとあっちゃあ、花火への風当たりも強くなるでしょう」

「とばっちりを？　うちは何も悪くねえってのに」

「飢饉ですからね。焼け出された人は今よりずっと腹を空かせる。憂さ晴らしに、火で遊ぶ商売を叩いてやろうって人は多いはずです」

元太は「ううん」と唸った。異を唱えようとはしないが、釈然としない風である。火事は鍵屋のせいではない。なのに鍵屋が割を食う。筋違いの怒りを向けられては堪らない、という思いの方が強いのだろう。

そうした元太をちらりと見て、弥兵衛は長く鼻息を抜いた。

「夜が明けたら、少しばかり炊き出しでもしましょうかね」

「おいらたちだって満足に食っちゃいねえのに？　目を逸らしてやるんなら、他のやり様もあるんじゃねえですかい」

この上なく嫌そうな顔をされたが、弥兵衛はゆっくりと首を横に振った。

「ほんの四日前、京さんが言ったじゃないですか。御用達なら儲けているだろう、ってね。花火屋の商売なんか、世の中はこれっぽっちも知らないんだ。何もしないでいりゃあ、謂《いわ》れのない恨みを買います」

それに、これほど近くで多くの人が焼け出されている。助けなければ男が廃《すた》るだろう——江戸っ子の心意気を眼差しで語ると、元太も渋い顔で頷いた。

「じゃあ、そっちは喜助の兄貴と新さんに任せますかね」

「それがいいでしょう。二人は手が空きがちだ」

二人は重い足取りを運んだ。火事の明かりに慣れた目には、ことさらに道も暗く思えた。

明くる日の朝から、鍵屋は粥《かゆ》の炊き出しを始めた。昨晩の火事で焼け出された人々は無論のこと、飢饉のせいで何も食えずにいる町人も群がって来る。弥兵衛も「初めだけは」と様子を見に出ていた。

「はいはい、きちんと並んでくだせえよ……って、そこの、おめえさん！　ひとり一杯って言ったじゃねえか。二度目に並んじゃ、皆に行き渡らねえだろ」

　喜助が声を張って人の列を整え、新蔵が杓子《しゃくし》を取って粟粥を振る舞う。椀を受け取った町人たちは、どれも荒《すさ》んだ目をしていて、たった一杯の粥にありがたみを感じてはいないようだった。むしろ「御用達ならこのくらい当然だ」という、苛立ちに近い胸の内を滲ませている。何もせずにいたら、こうした歪みは無体な怒りに化けていただろう。

「……やっぱり、やって良かった」

　粥を振る舞う新蔵から後ろに少し離れた辺り、弥兵衛は腕組みで俯き、小さく呟いた。てんてこ舞いの新蔵にも、目の前の飯しか見えていない町人たちにも聞こえていないようだった。

「へえ。え？　はあ……」

　ふと、新蔵が怪訝《けげん》な声を漏らした。何かあったかと、俯いていた顔を上げる。ちょうど新蔵がこちらを向いたところだった。

「あの、旦那様。こちらの人が」

炊き出しの列には、ぼろぼろの着物を纏った男があった。一見して町人ではない。はて、と歩を進めてみれば、その顔には見覚えがあった。げっそりとやつれているが、間違いない。

「おや。あなたは」

「どうも。元太の奴、達者でやってますかい」

皺《しわ》の深い五十絡みの面差しは、河越で畑を作っているはずの信太《しんた》――元太の父であった。険しく見えるのは、痩せ細っているからだろうか。

否。それだけとも思えない。声音とて明らかに硬いではないか。

「今日は、どういうお話で？　元太さんに用事なんでしょう」

「へえ。その……おりますか」

「ええ、お待ちを」

火事の騒ぎで、元太はろくに眠っていない。朝餉の後は少し休むように言っていた。或いは横になっているかも知れないが、と弥兵衛は店に入る。

佐代に言い付けて呼ばせると、元太は少しして目を擦りながら出て来た。もっとも、そこに自分の父がいると知ると、眠気も飛んだらしかった。

「おっ父じゃねえか。何で江戸に？」

返事がない。と言うより、どう話して良いのかという戸惑い、躊躇《ためら》いゆえに口を開けないようである。その様子を見て、弥兵衛も元太も顔を強張らせた。何か――それも恐らく、とても悪い知らせに違いない。

　こちら二人の顔をちらりと見て、元太の父は「はあ」と溜息をついた。そして我が子から目を逸らし、ぽつりと語った。

「……お道がよ。死んじまった」

　お道。年が明けて十三歳を数えたばかりの娘。元太が誰よりかわいがっていた末の妹が、死んでしまった。

　弥兵衛は目を丸くした。俄《にわか》には呑み込めない話であった。元太の実家が苦しいと、確かに聞いてはいた。長雨で畑の具合が悪いのだと。とは言え、まさか。それほど酷かったというのか。

　はたと見れば、当の元太も同じ――否、もっと酷い戸惑いようであった。たった今の話を受け止められないのだろう、面持ちにおかしな笑みを浮かべている。

「何言って……。い、いやあ……悪い冗談だ。なあ。そうだよな、おっ父」

　しかし。すっかり痩せこけてしまった父の顔、搾り出すように流す涙を見ているうちに、引き攣った笑みは少しずつ消えていった。

「お道……お道。あ……ああ」

　嘆きの声が、静かに、静かに消えてゆく。元太はその場にくずおれ、ぼろぼろと涙を零した。大きく開いた口からは、泣き声も何も発せられない。悲しみのあまり叫ぶことすらできないという、痛々しい姿であった。

粥をもらいに来た町人は、元太には目もくれない。弥兵衛は元太の肩を軽く叩き、助け起こして店の中へ導く。父の信太にも軽く目を流し、まず入ってくれと促した。

父子に茶を出し、少しばかり落ち着けてから、ことの仔細を聞いた。

飢え死にが後を絶たぬ時には、決まって流行り病《やまい》がある。お道が死んだのは、その病を患《わずら》ったせいであった。毎年の年貢を納めた後、百姓家は細々と食い繋ぐだけで手一杯になる。まして世は酷い飢饉、ろくに食えない中で正月早々に倒れ、たった三日で呆気《あっけ》なく彼岸《ひがん》へ渡ってしまったらしい。

お道の葬式は既に終わっているという。しかし弥兵衛は元太に休みを与え、せめて墓に手を合わせて来いと言って、父の信太と共に河越へ帰らせた。

三日が過ぎて鍵屋の炊き出しも終わり、それからさらに四日。元太は七日後に戻った。さすがに三十一を数えた大人である。店の皆に向ける顔、話す口ぶりなどは、これまでと同じく朗らかなものだった。もっとも、悲しい思いが吹っ切れたのではない。ふとした時に浮かぶ苦悶の面持ちからは、千々に乱れた胸の内が垣間見えた。

だが当人は、努めてそれを見せまいとしている。ならば敢えて何も言うまいと、弥兵衛も常と変わらぬように元太と接した。時が過ぎ、心が癒えるのを待つしかないのだ、と。

＊

「ただ今、帰りやした」

店先の引き戸を開け、新蔵が土間から作事場に入った。声からして、沈んでいるらしいと分かる。鑢で鉄を削っていた京次が、にやついた顔を上げた。

「何でえ新公、そんな辛気臭え面しやがって。あれか。女の尻でも撫でて、引《ひ》っ叩《ぱた》かれたか」

新蔵は口を尖らせつつ、元々下がっている眉尻をさらに下げた。

「京次さんじゃあるまいし、そんなこたあしませんて」

「じゃあ何でえ」

それには答えず、新蔵は「旦那様」とこちらを向いた。

「申し訳ねえこって……。米、また三升しか買えませんでした」

葦の節を抜く手を止め、弥兵衛は「え？」と目を丸くした。

「付け払いをやめたのに、かい」

江戸で買いものをするのに、まとまった銭が要る場合は付け払いが通例であった。店の側は大福帳に書きとめて、盆や暮れにまとめて払いを受ける。鍵屋がそれをやめたのは、飢饉に大きく関わりがあった。付けの支払いを残して飢え死にする者が後を絶たず、店の側があまり多くを売ろうとしなくなったせいである。

星を煽いでいた喜助が「おいおい」と口を挟んだ。

「新公、おめえ二分も持ってったろうが。まさか使い込んだんじゃあるめえな」

「しませんよ、そんなこと。京次さんじゃあるまいし」

泣きそうな顔で首を横に振る。その頭に、京次が投げた鉄の粒が当たった。新蔵は「あ痛」とこめかみを押さえ、悲しそうに溜息をついた。

「ねえ旦那様。どうして値が下がらねえんでしょうか」

「いや……あたしに言われてもねえ」

弥兵衛は口をへの字に結び、胡坐《あぐら》に右肘を置いて頬杖を突いた。背が丸まり、目が半開きになった。

西国の不作によって米は品薄になり、酷く値上がりした。幕府とて無策ではなく、世に米を回すべく諸々の手を打っている。飢饉が起きるまでは、米の値崩れを防ぐため問屋に品を絞らせていたが、まずはそれを一転して吐き出させた。また諸藩の蔵を開かせて買い取り、急ぎ江戸に運ばせもした。

だが江戸には人が多い。武士と町人、合わせて八十万余の口を賄うためには、一日当たり二千石ほどの米が要る。これが毎日の話とあっては、とてもではないが追い付くはずもなかった。

新蔵はなお不服そうに、ぐずぐず言っている。

「品薄にゃあ目処《めど》が付いたみてえだって、旦那様、こないだ言ってたじゃねえですか」

「平田様に聞いただけですよ」

数日前、狼煙方の役人・平田左近は確かにそう言っていた。畑違いの話であれ、幕府の中にある者の言なら信を置けると思っていたのだが――。

「ともあれ詳しいこたあ知りません。うちは少しずつでも米を買えるんだから、ましな方です。それより、お遣いが終わったなら夕飯の支度でしょう。さあ行った行った」

話を切り上げて追い立てる。新蔵は小声で「へえ」と返し、うな垂れて奥に消えた。

その後も葦の節を抜き、火薬の仕上がりや星の乾き具合を見る。炭と鉄の粉を薬研でごりごりやっていた元太が、ぐう、と腹を鳴らした。

「やれやれ……だな」

呟く声にも張りがない。元々の丸顔も、このところ頬がこけてきた。腹を空かせているから、だけではないだろう。佇まいには、如何にしても晴れない心の澱《おり》が表れている。やはり、お道の死が大きいのだ。

そうしたものを感じながら、仕事の手を動かし、弥兵衛は「なぜ米の値が下がらないのか」を考えていた。飢饉になってから今まで、世の中がどう動いてきたか。それを辿ると、おぼろげながら理由が察せられる気がした。

そもそも品薄に目処が付いたというのも、幕府の打った手が功を奏した訳ではあるまい。この飢饉では多くの飢え死にが出た。墓に骸を埋めるのが追い付かず、疫病が流行って、さらに人死には増えている。そうやって口が減ったから、生き残った頭数と米の量がどうにか釣り合うようになっただけなのだ。つまり品そのものは未だに薄いまま、大きく値下がりする訳がない。

「とは言いつつ……か」

小さな呟きは、葦の節を抜く音に紛れて消えた。

鍵屋も店の蓄えを割いて台所に回し、どうにか食い繋いでいる。佐代のやり繰りも大変だろうと思うと、ひとりでに気持ちは重くなっていった。

「皆さん、夕飯ですよ」

しばしの後、前掛け姿の新蔵がしょぼくれた顔を見せた。作事場の皆が「おう」と気だるそうに返事をして、奥に向かった。

八畳間に並んだ膳は、一ヵ月前と比べてもかなり寂しくなっていた。飯には粟と芋が混じり、米は三分目まで。澄まし汁には、出汁《だし》に使った昆布がそのまま汁種として入っている。小皿には豆腐が二切れのみであった。

「ごめんなさいね、いつもこんなお膳ばっかりで」

人数分の膳を運びながら、佐代が申し訳なさそうに詫びた。市兵衛が「なあに」と応じる。

「奥様のせいじゃねえですよ」

皆もそれは承知していて、文句を言わず、膳を前に掌を合わせた。食い始めると誰もが無言だった。

相応の身代を持つ商人とその奉公人は、積み上げた財を使い、また、やり繰りして口を糊《のり》してきた。それら商家を相手にする職人などは、商売相手に引っ張られて生き延びた。漁師の人死にも少なかったが、これは半年以上続いた天候の悪さに大きく左右されなかったせいだろう。米や青物の高値に引き摺られて魚の値も上がり、実入りが増えて米を買えたという僥倖《ぎょうこう》もある。

しかし、それも長続きはすまい。誰もが蓄えを吐き出してきた挙句、江戸の全てから潤いが失われている。鍵屋も例に漏れない。新蔵を雇い入れたばかりの頃は少しだけ明るさを取り戻したものの、先の見えない日々を暮らすうちに、それもすっかり消えてしまった。

「米の高値、いつまで続くんでしょうね」

元太がぼそりと漏らし、汁を啜った。誰も、何も答えなかった。

そして数日、一月二十五日の朝――。

「……ん？」

ふと目を覚まして、弥兵衛は妙なものを覚えた。障子の向こうはいつもより薄暗い。空模様が悪いのだろうか。思いつつ身を起こすと、遠くの寺から鐘の音が流れてきた。

「七つ半だ」

卯《う》の刻の初め（五時）である。半時ほど早く目が覚めてしまっただけか。とは思うものの、やはり少しばかり様子がおかしい。

横山町は魚河岸のある日本橋に近い。そこへ仕入れに向かう棒手振の動き、振り撒く気配や足音が、弥兵衛にとって朝の合図となっていた。人の息遣いを察して目を覚ましたのは今朝とて同じである。だが、どうして普段より頃合が早いのだろう。しかも肌に伝わるものは、魚屋の活き活きとしたものではない。どこか粘つくような嫌らしさがある。

「何だろう」

寝床に座ったまま目を瞑《つぶ》り、耳を澄ます。すると、また足音と思しき響きがあった。やはり魚屋とは違う。静かに過ぎ、そして、ひとりや二人ではない。

「……気味の悪い」

眉が寄っていく。外を見に行った方が良いだろうか。

思った矢先、蠅の羽音を束ねたような音が渡ってきた。ぞくりと背筋が寒くなって、がばと立ち上がる。

「ん……。ふ、あぁ……。どうしたの、おまえさん」

佐代が欠伸交じりに問うた。弥兵衛は静かに「おい」と呼び掛けた。

「聞こえないかい」

「え？」

怪訝な目で佐代が起きる。そこへ、また蝿のような騒々しさが届いた。

「何でしょうね、これ。何か騒ぎでも」

妻の面持ちが曇る。弥兵衛は軽く奥歯を噛み、枕元に畳んであった羽織を取って寝巻の上に引っ掛けた。

「ちょっと見て来る。あたしが出たら、しっかり戸締まりして、元太さんと京さんを起こしとくんだよ」

気弱な新蔵はさて置き、あの二人なら、万が一のことがあった場合でも何とかしてくれる。そう信じて言い残し、障子を開けて縁側から店に進んだ。

作事場から店先の土間に下り、雪駄《せった》を突っ掛けて引き戸を開ける。家の中で聞いた時は薄ぼんやりしていた音が、今度はしっかりと耳に届いた。わあ、わあん、と響いてくる。南西、そう遠くない。日本橋だ。

良からぬことが起きている——弥兵衛は寒気を覚えて身震いし、弾かれるように朝靄《あさもや》の中へと駆け出した。

店の前に引かれた表通りを、左手に真っすぐ行く。すぐに橋をひとつ越えて、大伝馬町に至った。行く先の左側には長屋の木戸口がある。その脇にある番所の引き戸を荒々しく開け放ち、ひとりの岡っ引きが飛び出して来た。

「甚五郎親分」

両国橋で行き倒れの女が死んだ折、あれこれを報せた相手だった。甚五郎が「お」と叫んで目を向けてくる。

「鍵屋の。どうしたい」

「どうもこうも。何が起きてんです」

「高間《たかま》河岸《がし》で暴れてる奴らがいるんだよ」

焦りの色濃いだみ声で叫ぶと、甚五郎は猛然と駆け出した。その足は驚くほど速く、数歩ほどだった間合いがぐんぐんと広がってゆく。すぐ向こうの辻を越え、二つめの辻に至ると、甚五郎は道を左に折れて建物の陰に消えた。

が、すぐに後ずさりして戻って来た。頭を守るように左手を持ち上げながら、右手の十手を振り回している。石礫《いしつぶて》か何かを投げ付けられているらしい。

「戦でも起きてんのかい、こりゃあ……」

弥兵衛も足を速め、辻まで六、七歩の辺りまで進んだ。

「親分、だめだ。いったん逃げてください」

「馬鹿、この！　危ねえから来んな」

甚五郎が泡を食ってこちらを向く。その寸時の隙に、竹――物干し竿と思しき棒が突き出された。手首を打ち据えられた甚五郎は十手を落とし、それを包むように狂乱した歓声が上がった。

「岡っ引きの出る幕じゃねえ」

「失せろ！　帰れ！」

「俺たちゃ、悪党を懲らしめてんでえ」

罵声、怒声が渦を巻く。暴れ回る町衆の中、弥兵衛はひとつの顔に釘付けとなった。

「え？」

自らの目を疑い、怒気に彩られた男の顔を追う。

だが、見間違いではなかった。見紛うはずもない顔なのだ。

「元太さん……あんた」

狼藉《ろうぜき》を働く者たちの中には、元太の姿があった。

どうしてだ。京次と二人で、店と佐代を守ってくれると思っていたのに。その元太がなぜ、あそこにいる。

飢饉で米の値が上がり、十分に食えなくなった。御用商人への風当たりも強くなった。

元太が不平を溜め込んでいたのは明らかであった。

そして何より。元太は、誰よりも大切に思っていた妹を失った。あれこれが重なって捨て鉢になったとしても、無理もないところだ。

それでも、である。だからと言って、この騒ぎに手を貸して良いはずがない。

「……何を。何を……してやがんでえ！」

弥兵衛の言葉から、日頃の丁寧なものが吹き飛んだ。江戸訛りで悲痛に叫びを上げ、荒れ狂う町衆の中へ猛然と駆け込んでゆく。

甚五郎が、先に落とした十手を拾いながら、こちらを向いて声を張り上げた。

「おい、馬鹿野郎！　来るなって言ってんじゃねえか」

そこへ、ごつんと響いた。

振り下ろされた竹竿がひとつ。甚五郎の月代を捉えていた。

「……ってえ。この野郎共め」

殴り付けた者を睨みつつ、甚五郎はがくりと地に膝を突く。

そして、もうひとり。頭から血を流す岡っ引きを見て、呆然としている者があった。元太である。不平、不満。未だ拭い去れない悲しみ。自棄《やけ》になった気持ちのまま突っ走っていたのだろうが、人が痛め付けられる有様を目《ま》の当たりにして、ことの重さを思い知ったらしい。熱に浮かされた人波に揉《も》まれながら、元太の顔は青ざめていた。

「いけねえ！」

石が飛び交う中、弥兵衛は騒乱の辻に躍り出た。そして甚五郎を助け起こし、元太をじろりと睨んで手首を摑む。

その時、元太の肩越しに凄まじい光景が飛び込んできた。

辻を左に折れた先、道浄橋《どうじょうばし》の向こうが黒山の人だかりになっている。日本橋本船町《ほんふなちょう》、船で運ばれた米を陸に上げる米河岸の中でも、江戸橋の袂——米方御用達の問屋・高間伝兵衛の店の前は特に高間河岸と呼ばれる。ぱっと見ただけで千は下らないという数が、そこを埋め尽くし、暴れ回っていた。手に手に竹竿や鳶口、金槌を握り、果ては包丁や鎌を振るう者までいる。皆が我を忘れて河岸を襲っていた。これは、打ち壊しだ。

「何だあ、てめえは！」

寸時、足を止めていると、向こうから怒鳴り声が飛んで来た。誰に向けたものかは考えるまでもない。狂乱に墜《お》ちた心には、正気の者こそ狂っていると映るようだ。

「親分、逃げますよ」

声をかけて肩を貸し、再び元太を睨み付ける。

「てめえもだ。来い」

怒りと悲しみで冷えきった声に、元太が虚ろな目で頷いた。それだけ確かめると、弥兵衛は足早に引き返した。打ち壊しの面々には、襲うべき高間河岸しか見えていない。逃げる三人を追う者は、ひとりとしていなかった。

少しの後、二つの辻を引き返し、番所の引き戸を開ける。しかし甚五郎の足許は怪しく、入り口前の道端に腰を下ろしてしまった。致し方ない話か。血を流すほど頭を叩かれて、くらくらしているのに違いない。

「まったく……おめえさんが出しゃばったお陰で、怪我しちまったじゃねえか」

弥兵衛は「すみません」と詫び、羽織を脱いでいい加減に畳むと、未だ血が止まらぬ甚五郎の頭を押さえた。そして自らの手の上から、ぽんぽんと軽く叩く。

「どうです。酷く痛むようなら、骨まで割れちまってんですが」

「ちと響くが、そこまで悪かねえ。手ぇ離してくんな。あとは、てめえで押さえるからよ」

「なら良かった」

手を退《ど》けて後を任せる。そして、呆然と佇む元太を睨んだ。

「何やらかしたか、分かってんだろうな」

いつもと違う声を向けられ、元太が力なく頷く。弥兵衛は「そうかい」と笑みを返し――。

「馬鹿野郎が！」

右手の拳に渾身の力を込め、頬のこけた丸顔を殴り付けた。それによって、元太はようやく涙を流せるようになった。

「も……申し訳、ねえ。面目……ありやせん。おいら……」

心から悔いているのは、見れば分かった。元太の気持ちは、長いこと狭い檻に押し込められていた。そのせいで自分を見失ってしまったのだろう。気持ちは分かる。

だからと言って、庇い立てはできない。それが鍵屋の主人、御公儀御用達の立場なのだと、弥兵衛も涙を落とした。

「この上は……分かってんだろうね。あたしも辛いが」

ここにいる甚五郎の厄介になり、お上の裁きを受けねばならない。鍵屋も罰を受けることになるだろう。元太の頭はすっかり冷えていたようで、皆まで言わずとも察したらしい。

血の気の失せた顔で「へえ」と返し、甚五郎の脇に膝を折ると、両手を揃えて前に出した。

「親分。おいらを、お縄にしてくだせえ」

甚五郎は頭の傷を押さえたまま、ゆらりと元太に顔を向けた。

「女と赤子の行き倒れ……去年の、両国橋の話さ。おめえ女に銭を恵んでやったんだよな」

それに間違いはない。だが、どうしてこの話を持ち出すのかが分からず、元太と弥兵衛は息を殺した。

すると、次の問いが投げ掛けられる。

「で、今日は何やった。高間の店を壊したか。米でも、くすねたかい」

「……いえ。怒鳴って、騒ぎはしましたけど。親分も見たとおり……河岸に着く前に、こうなりまして」

「なら、お咎めなしだ。見逃してやる」

甚五郎は、苦々しさと安堵がない交ぜになった笑みを浮かべ、大きく溜息をついて続けた。おまえがこの騒ぎに乗った訳までは知らない。だが、死にかけの女に銭を恵むような、江戸っ子らしい気風《きっぷ》の男ではないか。俺たちが引き戻さなくとも、いざ狼藉を働くかという段に至れば、きっと自分から手を引いたはずだと。

「喚き散らしただけで、石も投げてねえ。俺を殴った奴とも違うし、高間の店を襲ってもいねえんだ。しょっ引くだけの咎がねえや」

聞いて、元太は泣き崩れた。仏でも拝むように幾度も頭を下げ、途切れがちな涙声で礼を言っている。弥兵衛も「はあ」と熱い息を漏らし、甚五郎の前、道端に座って深々と頭を下げた。

「元太共々、このご恩は決して忘れません。ありがとう存じます」

「いやいや。何てったって、この騒ぎだ。お縄になる奴ぁ腐るほどいらあな。こいつみてえなのまで相手にしてたら、身が幾つあっても足りねえさ。それによ……鍵屋の花火が見られなくなるのも寂しいんでな」

照れ隠しか、甚五郎は「はは」と笑って、然《しか》る後に「あ痛たた」と声を詰まらせた。まだ血は止まらないのだろうか。傍らでは、未だ元太が泣きじゃくっていた。

弥兵衛は軽く洟を啜って「それにしても」と顔を上げた。

「親分、昨夜も番所詰めだったんですか？　確か、晦日《みそか》までは本所の平左《へいざ》親分だったと」

「ああ、それかい。ちと訳があったんだよ」

一月が終わるまでは、確かに平左が番所詰めであった。しかし三日四日前から、きな臭い噂はあったらしい。米を買い占めて値を釣り上げているのは高間伝兵衛だ。悪党を吊るし上げ、目にもの見せてやれ――そう言って息巻く者たちがいると囁かれていた。

「いつ騒ぎが起きるか分からねえってんで、引っ張り出されてたんだよ。俺だけじゃねえ。そこらの番所は、みんな同じさ」

ところが昨日の夜中、またも行き倒れが出たと報せがあった。平左はそちらの検分に向かうことになり、未だ帰らぬうちに今朝の騒動が起きたらしい。番所に残っていた甚五郎は下っ引きを奉行所に走らせ、いざ騒ぎを鎮めに向かうところだったという。

遠くからの剣呑《けんのん》な騒ぎ声は一向に収まらない。そうした中で仔細を聞き、弥兵衛は眉をひそめた。

「なるほど。けど高間さんが買い占めなんて、話があべこべですよ。上様は問屋に米を吐き出せって仰せなんですから、米方の御用達が逆らうもんですか」

「んなこたあ初耳だぜ。おめえさんは高間と同じ御用達だから色々聞いてんだろうけどよ、町人はそんなの誰も知らねえや。それに高間は長く恨みも買ってたろうさ。豊作だろうと何だろうと高値で売り続けた奴だからな」

　飢饉が起きるまで、将軍・徳川吉宗は問屋に命じ、江戸市中に出回る米を絞らせていた。年貢で生きている武士が困窮するのを防ぐべく、値崩れを抑えるためだ。その策を助けてきたのが御用商人・高間伝兵衛である。恨みを買う下地は確かにあった。

　だが、と弥兵衛の面持ちに影が差した。

「……お。ようやく八丁堀のお出ましだ」

　遠く渡って来る呼子《よぶこ》を耳に、甚五郎が安堵の息を吐いた。八丁堀、つまり奉行所の捕り方である。道端に座った三人は音の方を眺めた。どうやら騒ぎもこれまでかと、弥兵衛も胸を撫で下ろした。

　少しの後に、向こうの辻の左手——高間河岸を包む喧騒の具合が変わった。怒りと狂乱に彩られていたものが、恐れ、うろたえた響きになっている。そして混乱した叫びが「ぎゃあ」と届き始めた。

　やがて夥《おびただ》しい数の町人が、二つ向こうの辻を駆け抜けてゆく。米河岸のある左側から右へ、どれも算を乱して逃げ足は遅く、果ては誰かが転んだ拍子に将棋倒しになる始末だった。

「召し取れい！」

野太い声がひとつ上がると、役人たちが駆け込んで、転げた町人の群れを踏み付けた。

遠目にも、はっきり分かる。打ち壊しに加担した町人は散々な目に遭わされていた。十手で殴られる者、長柄の刺叉《さすまた》で首根を押さえ込まれる者は引きも切らない。それらは岡っ引きや下っ引きの手で次々と縄を打たれていった。

「さてと、俺もお役目だ。羽織、汚しちまってすまねえな」

土佐犬のような面立ちに笑みを浮かべ、甚五郎が立った。先ほどとは違って足許もしっかりしていた。押さえ続けた羽織を外せば、既に血も止まっている。もっとも月代の左側は瘤《こぶ》になり、紫色に腫れ上がっていた。

血染めの羽織を返して、甚五郎が走り去る。弥兵衛は引っ立てられる町人を眺めながら、元太に声を向けた。

「さ、あたしらも帰るよ」

「……へえ。本当に、すみませんでした」

悄気《しょげ》返《かえ》った肩をぽんと叩いて立ち、ゆっくりと歩を進めた。

元太は三歩下がって付いて来る。互いに口を開かずにいることで、あたかも静寂の中にいるようであった。遠く背後には未だ捕り物の喧騒があれど、右の耳から左の耳へ素通りして行く。

「ねえ旦那さん」

しばしの沈黙を破り、元太が呟く。そして涙に揺れる声で続けた。

「どうして飢饉なんか起きるんですかね」

長雨と飢饉がなければ、世の中はこんなに悪くならなかった。夏もいつもの年と同じように暑くなり、鍵屋の商売だって捗《はかど》ったはずだろうに。世の無常を嘆く言葉が、時折途切れながら連ねられた。

「そうすりゃ……おいらも、もう少し銭を送ってやれたのに。お道だって」

ほんの少し、あとわずかでも何か食っていれば、病になど負けなかったかも知れない。十三になったばかりだったのだ。これから先も辛い目を見る日はあったろうが、引き換えに楽しい思いもできたはずなのに。

「けど、おいら何もしてやれなかった」

やり場のない悲しみを聞くほどに、弥兵衛の顔から力が抜けていった。

「元太さん」

ようやくひと声を返すも、後が続かない。打ちひしがれる思いに息が詰まった。

元太はなぜ打ち壊しの場にいた。年の離れた妹、かわいがっていたお道に死なれ、世を儚《はかな》む気持ちに呑まれたのが何より大きいのだろう。

では、お道はなぜ死んだ。飢饉と共に世を襲った疫病ゆえだ。

元太は言った。自分がしっかりしていたら、違う形になっていたかも知れないと。自身を責めるその思いが、何よりこの胸を切り刻んでいる。

世の中は暗く沈んでしまった。鍵屋も、去年の夏は満足な商売ができなかった。米が値上がりして、多くの人が死んだ。行き着いた先が今朝の騒動である。お道が病に罹《かか》り、負けてしまったのも同じ。何もかも飢饉から始まったことなのだ。

しかし。全てを飢饉のせいにして良いのだろうか。成り行きの悪さだと思っていて良いのだろうか。

知っていたのに。江戸に来るはずだったお道が、来られなくなった。それだけでも、元太の実家が苦しいと分かっていたのに。

自分は何をした。店を守り、次の夏こそ大商いをと躍起になっていた。職人たちを、ひいては元太とその家族を守る道として、間違ってはいなかったはずだ。

それでも、もう少し何かできたはずだ。なのに、できるはずのことをしなかった。

「……すまなかった。あたしのせいだ」

胸に渦巻くあれこれを、ひと言に込めて詫びた。元太は驚いたように、軽く鼻を啜った。

「謝るのは、おいらの方ですよ。こんな迷惑かけちまって」

「違うよ。お道っちゃんの話さ」

歩みを止めて振り返り、深く頭を下げた。

「あたしは店の皆を守りたかった。そのためには鍵屋が儲からなけりゃって……。でも」

少しばかりの金なら、都合してやれたはずだ。仕送りを増やしてあげなさいと、言ってやれたろうに。どうして今まで気付かなかったのかと、憂いを吐き出してゆく。

すると、元太の鼻声に困ったような笑いが混ざった。

「嫌だなあ。おいら、そんなつもりで言ったんじゃねえのに」

「そいつは分かってますよ。ただ、あたしは……足許を見てなかったんじゃないか、ってね。どれだけ詫びたって済むものじゃないけれど」

下げた頭を、ゆっくりと戻す。どうにも決まりが悪く、つい目を逸らしてしまった。

「……けど、おいらを連れ戻してくれたじゃねえですか」

甚五郎に見逃してもらい、こうして店に帰れるのだ。今になって、道を踏み外さなくて良かったと思っている。元太はそう言って、着物の袖で目元を拭った。

「だから、お道のこたあ……ね？」

「……ありがとう」

やっと元太に顔を向けられるようになって、弥兵衛は「はあ」と熱い息をついた。

「こんなの、いつまで続くんだろうねえ」

すると元太の両手が目の前に伸び、強く叩き合わされた。

「花火は夜を照らす。人の心も照らせる。そうじゃ、ねえんですかい」

父の仕事を見た昂りから、抱いた思い。この年まで変わらず持ち続けた信念を突かれて、思わず苦笑が漏れた。

「参ったね。いつも言ってるやつ、持ち出されちゃあな」

「初めて聞いたのは、もう二十年も前でしたっけね。おいらが奉公に上がって、旦那さんと一緒に父っつぁんから教えてもらってた頃でさあ」

元太だけではない。自分もあの日をはっきり覚えている。二人は主人と職人である前に、鍵屋の兄弟弟子であり、相棒なのかも知れない。

その相棒が、改めて頭を下げた。

「何てえのかな。今日の騒ぎで、おいらの気持ちを照らしてもらった気がするんでさあ」

そして「だから」と顔を上げる。

「世の中も、照らしてやりましょうよ。おいらだって助けてくれたじゃねえですか。旦那さんなら、できるはずでさあ」

芯の通った男の顔だった。雨降って地固まる、なのだろうか。新たな熱、ともすれば気《け》圧《お》されそうなくらいの気持ちに満ちている。

「世の中を、照らす……」

今の世の中は、まさに真っ暗闇の真夜中に違いない。そこに生きる人々の心もまた、闇に囚われたままなのであろう。世に蔓延《はびこ》る闇、この深い闇を払うのは実に難しい。

だが。こんな世がいつまで続くのかと、嘆くだけなら誰にでもできる。元太が言うのだ。鍵屋弥兵衛になら、できる。きっと世の中を照らせるのだと。

心から、そう信じているのであろう。一方で、言葉どおりに受け取れる話でもない。これは「本当の意味で立ち直りたい」「そのために世の役に立ちたい」という、切なる願いなのだ。

ならば、応えなければ。

元太とお道の身の上を、自分は慮《おもんぱか》ってやれなかった。少しの金を都合したところで、お道が必ず助かったとは言えないだろう。しかし、助かったかどうかが大事なのではない。やれるだけやったという思い、気持ちの上での納得があれば、元太は打ち壊しの場にいなかったはずなのだ。

だから、今度こそ応えたい。応えられずに何が男か。弥兵衛の中に、新しい昂りが生まれた。

「……やりましょう。一緒にね。あれこれ足りない主人だけどさ」

「ええ。付いて行きますよ」

「じゃあ、まずは帰って飯にしましょうか」

食い終わったら二人で出直しだ。思いを察して、元太が「へえ」と頷く。足取りには、先までにはなかった力が宿っていた。

＊

朝一番に打ち壊し騒動があったせいか、一日を終えて床に入ると、どっと疲れが出た。妻の佐代も同じだったようである。互いに「お休み」と言葉を交わして、十も数える頃には静かな寝息が聞こえてきた。

だが、弥兵衛はかえって眠れなかった。あれこれが頭の中を駆け回り、疲れたのと同じだけ目が冴え渡っている。

「世の中ってのは、難しいもんだ」

小さな呟きに、答える者はいなかった。

幕府は世を整えようと力を尽くした。今までの策を全く逆の形に改め、米を吐き出して値を下げようとしてきたのだ。それでも、この由々しき大飢饉には追い付かなかった。ただそれだけなのに、どうしてこんな騒ぎが起きてしまったのだろう。そこが分からなければ、世を照らすなどとても覚束ない。

ふと、甚五郎の言葉が胸に蘇った。

『おめえさんは高間と同じ御用達だから色々聞いてんだろうけどよ、町人はそんなの誰も知らねえや』

　そういうものだろう。上に立つ者は常に、世を正しく動かそうと力を尽くしている。下々は常に、それを知ろうともしない。この飢饉にしても同じ、幕府の尽力が米の値下がりという形にならなかったがゆえに、町人たちは「お上が何もしていない」「高間が悪事を働いている」と手前勝手な不平を溜め込んだ。

「けど……」

　幕府が何を思い、何をしているのか、自分とて店の皆に細かく伝えてこなかった。元太を迷わせたのは、これも悪かったのだろう。御用商人・鍵屋の中にあってさえ、仔細を知らねば気を滅入らせるものだ。

　或いは、自分も同じなのかも知れない。御用達の身でなかったら。幕府が懸命になっていると知らないでいたら。不平を弾けさせなかったと言いきるだけの自信がない。

　高間河岸の一件では、自分を含めて、人というものの浅はかさを思い知った。元太と共に「花火で世を照らす」の思いを新たにしたが、こうまで人の心が乱れている以上、何かしら大きな切っ掛けが要るだろう。どうやって手掛かりを摑めば良いのやら――。

「……だめだ。思い付かない。明日だ、明日」

　小さく呟き、もう何も思うまいと目を瞑る。もっとも、頭を空っぽにと思う傍から、別の何かが「考えてくれ」と押しかけて来るのだが。それを退け、知らぬ振りを決め込み続けるうちに、いつしか眠りに落ちていた。

翌朝、弥兵衛は高間河岸に足を運んだ。

河岸の前の道は奉行所の役人が塞いでいて、細かく見て回れない。もっとも、離れたところから眺めるだけで、騒動の激しさは手に取るように分かった。

高間伝兵衛の店は惨憺《さんたん》たる有様だった。屋根の瓦は剝がされ、店の間口は全ての戸板が打ち割られていた。店の中も酷いものである。箪笥や戸棚などの調度、果ては畳さえ目に入らない。誰が見ても、がらんどうだと分かるだろう。諸々の品は持ち去られたか、さもなくば目の前の日本橋川に投げ込まれたようだ。江戸橋の橋桁《はしげた》辺りに文机《ふづくえ》や帳面が引っ掛かり、三枚の畳が水の中に漂っていた。

当然、蔵も破られたのだろう。米粒や空の俵がそこらじゅうに散らばっている。奪われただけではあるまい。この分では調度や畳と同じく、川に捨てられた俵も多いだろうと思われた。

そして、打ち壊しから四日が過ぎた。

両国広小路の北詰、橋番所前に十一の高札が立てられ、人だかりがあった。高間の店を襲い、打ち壊した下手人の頭目が明らかにされ、人相書が添えられていた。手配書である。

「大工の棟梁、商人の手代、職人の親方……火消しまで」

人垣の中で呟き、弥兵衛は強く奥歯を噛んだ。

人相書の面々は何をしているのか。せっかく今まで食い繋ぎ、生き延びてきたのに。それだけの力があったはずなのに、どうしてそれをおかしなことに使うのか。

「それじゃ、ただの負――」

負け犬だと呟きかけて、止まる。代わりに寂しい笑みが浮かんだ。

「……大層なこと、言えた義理じゃないね」

自分が至らなかったせいで、元太もこうした行ないに走ってしまったのだ。今も然り、遊びの品を商い、世を楽しませるべき花火屋でありながら、沈みきった人の気持ちを沸き立たせる手立てすら思い付かずにいる。

「いいや。やり様くらい、必ず見付け出してやる」

自らを奮い立たせるべく、腰の辺りで右手に強く拳を握る。よし、と勢い良く鼻息を抜き、弥兵衛は人波を摺り抜けて立ち去った。

三　心の力

「お届けは明日でよろしいですか」

「ええ。昼前でお願いします。じゃ、よろしく」

　弥兵衛は火薬問屋・大和屋の番頭に軽く会釈して、暖簾《のれん》をくぐった。

　享保十八年二月半ば、夏を前にした時期ではない。こういう折の仕入れは元太に任せるのが常なのだが、今日は自ら問屋に出向いた。元太は京次や新蔵と共に大川の河原へ遣り、枯れ葦を刈り取らせている。鋳物から作った鉄粉の火薬を試すうち、硫黄や硝石だけでなく葦の茎も足りなくなったためだ。

　外に出ると、さらりと流れる風が頬を撫でた。

「こんなに、暖かくなってたのかい」

　時が過ぎれば季節も流れる。高間河岸の一件以来、そんな当たり前の話さえ忘れていて、温《ぬる》んだ空気に無邪気な驚きを覚えた。通りを見れば、心なしか、道行く人々の顔からも険しさが落ちたように思える。

一昨年の冬から去年の夏までお天道様の機嫌が悪く、挙句の果ては飢饉になったが、今年はそうしたところがないようだ。米も青物も未だ満足に出回っていないが、この分なら数ヵ月後には幾らか良くなるのかも知れない。疫病も、収まってゆくのだろうか。

そうなれば、世の人々は俯いた顔を上げる。その時こそ、鍵屋の花火で皆を後押ししてやれるだろう。

「……あの話、平田様に掛け合ってみようか」

花火で世を照らす——打ち壊しのすぐ後には何の手立ても思い付かなかったが、幾日か前に狼煙方の平田左近と話をして、ひとつのやり様が浮かんでいた。

「そうだな。それがいい」

この案が必ず功を奏すると、安請け合いはできない。だが、できるかも知れないのなら、やらなければ。しくじるにせよ、手を尽くして躓《つまず》くのなら上等である。上手く行くのかと躊躇っていては、間違いなく何も成し遂げられない。できる、やって見せるという気持ちこそ大切だ。

踏ん切りを付けるべく、両手に拳を握って「うん」と伸びをする。ここしばらく縮こまっていた体が、解《ほぐ》れるような気がした。

「せっかくだ。少し歩くかな」

決定版
ゲゲゲの鬼太郎6
釜なり・ダイダラボッチ

水木しげる

雨の晩に現れる泥田坊、棺桶から死体を奪う火車、催眠術を操る傘化け、悪魔軍団を率いる悪魔ブエル……妖怪たちの奇襲に、鬼太郎は!? 全18話を収録。

●924円

憂き夜に花を
花火師・六代目鍵屋弥兵衛

吉川永青

時は享保。未曽有の飢饉に苦しむ江戸の町を、文字通り明るく照らそうとする男がいた。花火師・鍵屋弥兵衛。彼の熱い思いがあの花火大会を生んだ――。

●902円

海神《わだつみ》の島

池上永一

一騎当千の花城三姉妹が、沖縄、東京、台湾などを疾駆する！「海神の秘宝」を巡り三人の欲望と日米中の思惑が錯綜する壮大な冒険小説。〈解説〉可津川長海

●1320円

元太たちが戻るには、まだ小半時もかかるだろう。少しばかり帰りが遅くなっても障りはなさそうである。

大和屋から真っすぐ帰るなら右側だが、敢えて左に向かって歩いた。しばらく行って堀沿いを右に折れる。そのまま真っすぐ進んで突き当たると、長屋が並んでいた。

ふと、子供じみた悪戯《いたずら》心が頭をもたげた。幼子が知らぬ町を歩く時のような、少し浮き立つ思いである。誰に、ともなく「ちょいと失敬」と断りを入れ、弥兵衛は長屋の隙間にある路地に足を踏み入れた。

通り抜ければ、神田川沿いの大通りであった。ここに出ると見当は付いていたが、それでも思いの外に楽しめた気がする。

大通りを右に曲がれば、川の流れに日の光が跳ねていた。何でもない眺め、見慣れた川が、とても大切なものに思えた。このまましばらく行けば両国広小路、横山町の近くに至る。

その道中、前から物々しい一団が進んで来た。奉行所の同心が槍を携え、一頭の馬を囲っている。馬の背には男がひとり乗せられていた。後ろ手に縛られた縄尻を、さらに引っ張って首に繋ぐ「面縛《めんばく》」の体《てい》である。俯けば息が詰まるため、否応なく面相を晒すことになる格好だった。どうやら市中引き回しの罪人か。

穏やかだった弥兵衛の顔が強張った。役人の行く手を遮る訳にはいかず、道の端に寄る。

先頭に立つ役人だけは、槍ではなく高札を掲げていて、そこには「町火消し　と組小頭《こがしら》半次郎《はんじろう》」と記されていた。

　往来の町人たちが立ち止まり、ひそひそやっている。押し退《の》けて行けば角も立つだろうと、弥兵衛も歩みを止めた。罪人は白装束を着せられ、乱れた髪に無精髭《ぶしょうひげ》。この後で打ち首になるらしい。

　引き回しの列が通り過ぎると、町人たちはそそくさと去って行った。

「嫌なもの、見ちまったな」

　自分にだけ聞こえる声で呟いた。せっかく、久しぶりに良い気分だったのに。

　昨今、打ち首を申し付けられるほどの騒ぎと言えば、やはりあの打ち壊し以外にない。先ごろ下手人の頭目十一人が手配されたが、そう言えばあの中には火消しも含まれていた。

　ふと見れば、間口に筋交い板が打ち付けられた店がある。確か乾物屋だったはずだが、ここも下手人の頭目を出してしまったらしい。店の主が加担したのでなくとも、奉公人があの騒ぎを焚《た》き付けていたなら連座は免れないのだ。軽くて江戸払い、下手をすれば遠島もあるだろうか。持ち主のいなくなった店と土地は、欠所として幕府に召し上げられる。

「気が滅入るね。浮世……憂き世とは良く言ったもんだ」

　やる瀬ない呟きをひとつ、足早にその場を後にした。少し遅くなってもと思っていたが、そういう気分も失せている。

と、いきなり右手の路地から若い男が飛び出して来る。驚いて止まろうとするも、急ぎ足になっていたせいで、鉢合わせにぶつかった。

「こりゃあ、すみませんね」

弥兵衛はすぐに頭を下げて詫びた。お互い様ではあるが、相手にしてみれば、こちらが急に出て来たと思っているはずだ。謝ってしまえば揉めごとにはならない。

「気ぃ付けろ。俺ぁ急いでんだ」

若い男は苛立ったように舌打ちして、小走りに去って行く。男ぶりの良い整った顔立ちだったが、寸時だけ向けられた目は荒んでいた。

飢饉のせいで気が立っているのだろう。そう思えば腹も立たない。江戸に蔓延る沈んだ気持ちが消えるには、まだ少しかかる。平田に掛け合う話が形になるなら、その頃にはきっと何かが変わるはずだ。

さて帰ろう。思ったところで、また風が抜ける。薄っすらと暖かいのに、胸元だけ冷んやりとした。先までとの違いに「どうした」と目を落とす。

着物の懐が、大きく開いていた。

「まさか、今の」

思って懐に手を入れる。

案の定、財布がない。しまった、と眉根が寄り、目が大きく見開かれた。

米屋の付け払いをやめたのと同じで、火薬の材料も、今日のような小口の注文はその場で銭を支払っている。硫黄や硝石など値の張るものを購うだけに、財布にはそれなりに入れていた。払いを終えた後でも一両と二百文くらい残っていたのだ。おいそれと諦められる額ではない。

「どこだ」

辺りを見回すも、掏摸《すり》の姿はもう消えていた。追わなければと、男が向かった方へ――自分が来た道を引き返して走った。

弥兵衛は慌てていたが、取り乱してはいなかった。

掏摸が姿を晦《くら》ましたのは当たり前だ。いつまでも人目の多い大通りにいるはずがない。それでも、掏《す》られてから精々七つ八つを数えたくらいで気付いている。つまり、まだ遠くまで逃げていない。ならば脇道に入ったはずだ。

走りながら、脇道があるごとに目を流す。四つ目の角、少し太い路地は長屋の入り口である。そう多くが住まうのではないらしく、木戸は設けられていない。そこに顔を向けると、路地の右側、長屋二棟の間に駆け込む姿があった。

「いた！」

足を踏ん張り、走る勢いを止めて左に折れる。猛然と駆けて長屋の隙間に至れば、ご多分に漏れず、人ひとりがやっと通れるくらいの幅しかない。しかも何かの木箱やら、立てかけられた竹竿やらで雑然としていて、掏摸の男も通り抜けるのに難儀しているようだった。

「おい、待て」

弥兵衛はさらに後を追い、頭に絡み付く蜘蛛《くも》の巣を払いながら路地を抜けた。男はそこから右に走り、また神田川沿いの大通りに出ようとしていた。

「誰か！　その男、捕まえとくれ。掏摸だ」

表通りまであと十数歩、弥兵衛は声を限りに叫んだ。聞き拾ってくれる者があれば捕まえられるかも知れない。

「そいつ、捕まえとくれ」

男が通りに出るや否や、もう一度叫ぶ。すると大通りから、ひょっこり覗き込む者があった。三十を過ぎたかと思しき顔だが、背は十二、三の子供くらいしかない。

それでも気付いてくれたのだ。ならばと、また声を大にした。

「お願いだ。今の男、捕まえとくれ。礼はする。二朱だ」

一両の、八分の一。食い物の値が高止まりした今の江戸では、もらってありがたい額だ。思ったとおり、小男は目の色を変えた。

「二朱かい。確かだな」

「頼む！」

すると小男は「ひひ」と笑い、小さな武家屋敷と思しき路地口の塀にひらりと飛び乗った。

「え？」

小男の動きに、弥兵衛は目を丸くした。塀に乗ったまま軽々とその上を駆け、ぽんと跳んで庭木の枝へ。ひょいと登ってさらに跳び、小さな背丈はすぐ屋根の上に消えた。高いところから掏摸の足取りを追うつもりなのか。

ともあれ自分も追わなければと、表通りに出る。掏摸が行った左側に走って少し、甲高い声が響いた。

「おうい！　捕まえたぜ」

弥兵衛は走る足を緩めて止まり、荒い息で背を丸めた。ごくりと唾を呑んで喉を湿らせ、大声で問う。

「どこだい」

「ここだ。早く来な」

少し向こうの裏通りだ。掏摸らしき「離しやがれ」も聞こえる。進みながら、幾度か「どこだい」と問い、相手の「ここだ」を確かめて、声を頼りに進んで行った。

＊

やがて、みすぼらしい長屋の裏手に至った。

「お」

小男が掏摸を腹這いに倒し、背に乗って組み伏せていた。右の手首を後ろ手に捻り上げ、足で首根を押さえている。弥兵衛はようやく安堵の息をついた。

「ありがとうございます。あなた、凄いですね」

「まあ、この仙吉《せんきち》さんに掛かりゃあな。掏摸くれえ、このとおりでえ」

小男は名を仙吉というらしい。馬を二つ三つ殴って何とか人の顔に整えたという面相で、痩せた体は如何にも身軽そうである。得意げに「ひひ」と笑う声が、馬面に似つかわしい。

弥兵衛は仙吉に会釈して屈むと、掏摸の腹の下に手を入れて探った。

「盗ったもの、返してもらいますよ」

布越しに硬い手触りがある。摑んで引っ張り出せば、まさしく自分の財布だった。それを懐に戻し、下手人の髷《まげ》を摑んでぐいと持ち上げる。

さぞ憎らしい顔をしているのだろうと思いきや、意に反して力の抜けた面持ちだった。瓜実《うりざね》顔に切れ長の一重瞼、引き締まった眉に鼻筋が細く通り、唇はやや薄い。男ぶりの良さはぶつかった時に見たとおりだが、目は虚ろで、どこを見ているのか分からなかった。

「……番所だろ。連れてけよ」

嫌に素直である。弥兵衛は少し拍子抜けして「む」と唸った。

「仙吉さんとやら。長屋から誰か呼んで来ますから、もう少しそのままお願いします」

「おいおい。誰もいやしねえよ」

「え？」

仙吉は、また「ひひ」と笑った。

「おいらが散々、ここだ、ここだって大声出したろうよ。こいつだって、離せだの何だの騒いでたじゃねえか。人がいりゃあ、とっくに出て来てらあな」

なるほど、言うとおりである。長屋の店子《たなこ》は仕事に出払っているのだろうか。或いは飢饉で死んでしまい、空き部屋が多いのかも知れない。

「でも店子の嫁さんくらいは」

弥兵衛は首を捻ったが、すぐに「いや」と頭を振った。

「いないでしょうね。ここに住む人が所帯持ちとは、とても……」

目の前の長屋はかなり古く、壁板など、あちこち消し炭のように焦げてぼろぼろだった。ずいぶん昔の火事で焼け残ったが、直さねばならぬところにも手が入っていないという佇まいである。嫁を取れるほど暮らし向きが良ければ、もう少しましな家を借りているはずだ。

「まあ、そんなとこだな」

仙吉はそう言って、面白くなさそうに鼻で笑い飛ばした。どうやらこの男も独り身か。

「仕方ない。あたしと仙吉さんで番所に突き出すしかありませんね」

「そりゃ構わねえけどよ。礼の二朱、忘れんなよ」

掏摸の右手を後ろ手に捻り上げたまま、仙吉は「起きろ」と呼ばわった。掏摸はと言えば、捕まって観念したのか、これも素直に聞いて気だるそうに身を起こした。うな垂れている。

その顔を見て、弥兵衛は「おや」というものを覚えた。

観念した、というのとは少し違う。諦めたような目つきと言う方が正しい。何だろう、この、もやもやしたものは。こういう目をどこかで見た気が――。

「あ」

つい声が出た。半歩ほど前に立つ仙吉が「ん？」と肩越しに目を流してくる。

「どうしたい、旦那」

「いえ、その」

思い出した。この掏摸の目は、飯だけ食わせて追い払おうとした時の新蔵や、屑鉄は買わないと断った時の京次に似ている。

「仙吉さん、ちょっと待っちゃくれませんか」

ひと声かけて、弥兵衛は掏摸の前に回った。

「あなた、どうしてあんなことを？　慣れてないんでしょうに」

目の前の男は俯いたまま顔を背けた。一方、仙吉は少し驚いたようだ。

「慣れてねえって？　旦那、どうして分かるんでえ。あんたも掏摸けえ」

「そんな訳がありますか」

弥兵衛は呆れ顔になって、掻い摘んで話した。

相手に悟られぬうちに財布を抜くのが掏摸である。しかしこの男は、こちらの懐を大きく拡げてしまっていた。手馴れていない証である。

「だから、こんなことを始めて日が浅いんじゃないか……と思いましてね」

そっぽを向いた俯き顔が、何とも言えぬ苦笑を湛《たた》えた。

「……参ったな。あんたの言うとおり、ど素人だ。今日初めて掏摸をやった」

そして「はあ」と大きく息をつき、ぼそぼそと話し始めた。

「俺ぁ銀六《ぎんろく》ってんだ。元々、深川で木彫り職人をやってた」

親方の下で修業を十年、二十二歳で初めて仕事を任された。天井と鴨居《かもい》の間に入れる欄間飾りだったという。

「大した値は付かなかったけど、売れてな。嬉しかったよ。あれから五年、いつか親方より高値で売れるもん彫ってやろうって、腹減らしながら懸命に腕を磨いてきたのにさ」

しかし、あろうことか親方が捕らえられてしまった。高間河岸打ち壊しの頭目、十一人のひとりとして、である。もっとも、その罪状が本当か否かは分からないと、銀六は言う。

「けどよ……濡《ぬ》れ衣《ぎぬ》かどうかなんて、しょっ引かれちまったら、どっちでも変わりねえ。親方は遠島のお裁きを受けてな。欠所だって言って、仕事場も棲家《すみか》も取り上げられちまった。当たり前だが、それまでに受けた仕事も引き上げられた」

「で、あなたも稼げなくなったと？」

弥兵衛の問いに、銀六は自らを嘲《あざけ》るような笑みで目を泳がせた。

「親方がいなくなったら、俺に新しく仕事を頼む客もなくなっちまった。あれだけ精進したってのに、つまらねえ話さ。俺の名前なんぞ、まだ世の中に認められてなかったって訳だ」

欄間、仏壇、あれこれの木像など、江戸木彫りが扱うものは多い。もっともそれは花火と同じで、余分の財を持つ者が相手の商売である。飢饉によって、そうしたゆとりは吹き飛んだ。ただでさえ客が減った中、親方が咎人となって世間の目も冷たい。まだ自分の名で注文を取れない銀六にとっては、死ねと言われたに等しかった。

「まあ……もう何でも構わねえさ。こんな世の中じゃあ、まともに生きるだけ損てえもんだ。牢屋に入りゃ、死なねえくれえに飯は食わせてもらえるだろうよ」

銀六の目がこちらを向く。さっさと突き出せと語っていた。

「そうかい」

言ったきり、弥兵衛は半分ほど目を伏せて口を噤《つぐ》んだ。

不憫《ふびん》に思う気持ちも、ないではない。だが、まともに生きるのが損というひと言には、いささか苛々した。浮世に生きる多くの人は、それでも歯を食い縛っている。

「仕方ない。番――」

「分かる。分かるぜえ……」

番所に行きましょう。そう言いかけたところで仙吉が涙声を出した。しかも銀六の手を離してしまっている。肩を震わせる小さな姿を見て、弥兵衛は「は？」と慌てた顔を向けた。

「何で手ぇ離すんです。悪事は悪事じゃないですか。早いとこ番所へ」

「番所番所って、うるせえや！」

仙吉は涙声で怒鳴り散らし、銀六の右手を両手で握った。

「おめえさんとは違うが、おいらも食えなくなった身だ。浅草の縄張り、すっかり取られちまってよう」

いきなりのことに、弥兵衛のみならず、銀六まで呆気に取られていた。しかし仙吉はお構いなしである。涙と鼻水で馬面をぐしゃぐしゃにしながら、自らのこれまでを語った。

仙吉は乞胸《ごうみね》——芸人だという。軽業《かるわざ》を得意として、浅草で芸を見せて稼いでいたそうだ。だが昨年からの飢饉で、芸に銭を出す者は減ってしまった。

「食えなくてよう……仲間が、ばたばた死んじまった。人が足りなくなりゃあ、大掛かりな芸なんぞできなくなる。ますます客も付かなくなるんでえ」

乞胸にも幾つかの寄り合いがあり、各々が縄張りを持っている。客を引けなくなれば他の寄り合いに縄張りを食われ、芸を見せる場も失われるのだと仙吉は言った。

「なあ銀六さん。いや銀さんよう。悪いのは、あんたじゃねえ。世の中だ。お上が何もしやがらねえから、こんなことになってんだ」

涙ながらの馬面が、怒りを湛えてこちらを向いた。

「おう旦那。銀さん捕まえたら二朱って言いやがったな。ふざけんねえ！　どこのお大尽か知らねえが、ぽんと二朱も出せる奴に、おいらたちの辛さが分かるかってんだ」

開いた口が塞がらない。財布を掏られた側が責められるなど、あべこべではないか。銀六に向いていた苛立ちが、仙吉の上にも広がってゆく。

「あれ。鍵屋の旦那じゃねえですか。どうしたんです、こんなとこで」

後ろ側、長屋の入り口から声をかけられた。何だ、と思って振り向けば、横山町界隈で青物を売り歩いている仁太郎であった。天秤棒を担ぐ顔が、夕暮れの橙に染まっている。

「そこ、あっしん家なんですがね。ご用でも？」

「い、いや。そういうんじゃなくてね。その……何でもないですよ」

が、仁太郎の何と間の悪いことか。鍵屋と聞いて、仙吉が「何だと」と息巻いた。

「あんた、あの鍵屋なのか。お上の御用達の」

先まで神妙だった銀六まで「洒落《しゃら》臭えや」と吐き捨てる。鍵屋弥兵衛と知って気持ちが裏返ったらしい。

「そりゃあ、そうだよな。あんたなんかに俺たちの気持ちは分からねえさ」

面倒なことになった。どう口を開いて良いものか。

こちらの苦い思いを余所《よそ》に、二人は一層勢い込んでがなり立てる。

「金持ちなんてのは、どいつもこいつも悪党だ。御用達の商人なんぞ、お上と手ぇ組んで悪事で儲けてやがんだろう。おいらたちの命、食らってんのと同じじゃねえか」

「先祖から身代もらって、のうのうと生きやがって。こんなに世の中が悪くなってんだ。少しはてめえの銭でもばら撒いて、人のためになってみやがれ」

仙吉が嚙み付き、銀六も声高に詰め寄った。とにかく上が悪い、強い者が弱い者を苛《いじ》めているのだと、口を極めて罵り続ける。端《はた》で見ていた仁太郎が驚いて、おずおずと口を開いた。

「鍵屋の旦那。岡っ引きの親分、呼んだ方が」

「それにゃあ及びません」

　弥兵衛は穏やかに返し、銀六と仙吉に向き直った。何だかんだと喚き続ける姿を見て、すう、と大きく息を吸い込む。

「やかましいやい！　ほざくんじゃねえや、べらぼうめ」

　心の箍《たが》が外れ、丁寧な物腰を放り投げて啖呵《たんか》を切った。先までとは一変した剣幕に、目の前の二人が息を呑む。その、わずかの隙間に猛然と言葉を捻じ込んだ。

「おう、おうおう！　てめえら好き放題抜かしてくれんじゃねえか。おい銀六ってえの。てめえにゃ、さっきから苛々してたんでえ。何でえ、そのいじけた性根はよう。てめえの名じゃあ勝負できねえだと？　何言ってやがんでえ！　だったら、石に齧り付いてでも勝負できるようになってみやがれ。おまけにだ。言うにこと欠いて、世の中が悪いんだから金持ちが助けろだ？　甘えんじゃねえ、すっとこどっこい」

　ぎろりと目を剝いて仙吉を睨む。

「仙吉、てめえもだ。上が悪い、金持ちが悪いって言いやがったな。そんなのぁ負け犬の僻《ひが》みってもんだ。金持ちってのは、ちゃんと稼ぐだけの仕事してんでえ。便所虫みてえに、うじうじしやがって。そんなんだから上がり目のひとつも摑めやしねえんだ！　世の中妬むしかできねえような料簡で一丁前に語ってんな、この、ひょうろく玉が」

　堰《せき》を切った言葉は、止《とど》まるところを知らなかった。

　上が悪い、金持ちは悪事で儲けていると言うが、この世では十両盗めば死罪になる。幕府の役に就く者が罪を犯せば、一族郎党まとめて仕置を受けるのだ。立場が上になれば、それだけ罪も重い。大名など不行状ひとつで取り潰しの処分まである。そうした中で、進んで悪事に手を染める馬鹿がいるものか。

　世の中が悪いのは上が何もしないからだと、下々は思いがちだ。しかし、それは世を動かす難しさを思いもせぬ者のたわ言でしかない。上に立つ者、世を統べる者は常に、世が一番良く整う形を作るべく心を砕いている。

　捲し立てて、弥兵衛は大いに胸を反らせた。

「ああ、そうさ。俺ぁ御用商人だ。だから、お上がどんだけ苦労して頭捻ってんのか、ようく知ってらあ。やい銀六。てめえだって親方に食わせてもらってたんだろうが。そいつを大きくして考えやがれ！　お上はよう、てめえの親方と同じで、何とか下を食わせようと気張ってんだ。頭ぁ付いてやがんなら、少しは働かせろい」

　もちろん、そうして整えた世で全ての人が報われる訳ではない。どこを探しても万人が得心できる差配などあり得ないのだから、必ず誰かが割を食う。或いは世の全てが、少しずつ割を食いながら生きている。楽に生きて行ける者など、まず、いないのだ。

「分かったか仙吉。俺が苦しんでんのに、なんてのは浅ましい抜け作が考えるこった。俺あな、そういうのが大嫌《でえきれ》えなんだよ。俺ぁ悪くねえ、世の中が悪いなんて野郎こそ、てめえじゃ何もしやがらねえ。てめえが割食ってるって思うなら、上に登ろうとしろい。それが男の粋ってもんだろうが、とんちき共！」

銀六と仙吉は、すっかりたじろいでいた。しかし次第にやり場のない悔しさを持て余し、身を震わせるようになっている。仙吉は自らの頭を両手で摑み、爪を食い込ませた。

弥兵衛は、その姿を見て少しばかり「おや」と思った。

もしかしたら、この仙吉という男は。

では銀六はどうなのかと目を遣れば、右手に拳を固め、怒りと躊躇いが綱引きでもするかのように震わせながら持ち上げている。

「……俺が、屑だって言いてえのか」

ぼそりと向けられる。弥兵衛は、しっかりと目を見据えた。

「違うのかい」

「畜生……畜生め！」

天を仰いで叫んだ――思う間もなく、銀六の拳が飛んで来た。

しかし。

拳は、すんでのところで止まった。銀六はわなわなと身を震わせ、がくりと膝を突く。そして拳の槌で地を叩きながら、幾度も「畜生」「糞《くそ》ったれ」と繰り返した。

もしかしたら、ではない。やはり、そうなのだ。

この二人は、もがいている。飢饉だから、実入りがないからというものではない。何とかしたいのに、どうしたら良いのか分からずにいるのだ。だから罵られて自らを責めた。心の力が失われていないからこそ、迷い道に苦しんでいる。その姿が、打ち壊しの場から引き戻した時の元太と重なって見えた。

　或いは二人に限らず、世の中にはこういう人が多いのかも知れない。ぼんやりと思うほどに、弥兵衛の胸に熱いものが染み出し始めた。

「だだ、旦那あ。やっぱり岡っ引きを……」

　仁太郎が情けない声を寄越した。腰を抜かして地べたに座っている。いつもと違う鍵屋弥兵衛を見たせいだろうか。少し申し訳ない。

「いいから騒ぎなさんな。もう帰りますよ」

　弥兵衛は仁太郎に向けて穏やかに言い、銀六と仙吉に目を戻した。

「あなた方とは、これっきりのつもりでしたがね。気が変わりました」

　銀六は再び、全てを諦めた目になった。番所行きを覚悟している。一方の仙吉は身構えて、何かあれば自慢の軽業で逃げ出そうという顔だった。それが少しおかしくて、弥兵衛は「ふん」と鼻を鳴らした。

「うちの店に来てみなさいな。夕飯くらいは出しますよ。その後で番所に突き出すような無粋もしませんから」

　銀六と仙吉は顔を見合わせ、訳が分からない、という風であった。

＊

連れて来た二人は、間口が一間半しかない鍵屋の店構えに驚いた顔であった。銀六は深川、仙吉は浅草、共に両国の近くに住んでいたが、こうしたことは知らなかったようだ。当然と言えば当然である。花火は見ても、花火屋そのものに目を向ける者はそう多くない。

「お入んなさい」

弥兵衛は手ずから入り口の引き戸を開けて促した。二月半ばの花火屋には客足もなく、中に入れば店先にも作事場にも仕事道具や材料が積まれている。

「あんた本当に鍵屋の旦那なのかい。とても大店とは思えねえぜ」

仙吉が小声を寄越した。銀六はむっつり黙ったままだが、こちらがどう言うのかを待っているらしく、訝《いぶか》しむ目を向けている。

「本当にも何も、外に鍵屋って看板があったでしょう」

失笑して応じる。作事場の皆が「何だ」という目を向けているのを察し、弥兵衛は努めていつもどおりに声をかけた。

「ただ今、帰りましたよ」

職人たちが、ばらばらと「お帰りなせえまし」を返した。弥兵衛はまず、店先の土間に置いてある枯れ葦の束に目を落とした。

「元太さん。ちと少ないね」

「すいません……とは言っても、去年は夏が涼し過ぎましたからね。満足な葦、そのくれえしか残ってねえんです」

元太は左奥の薬研から答え、そして当然の問いを寄越した。

「ところで、そちらさん方は？」

「あたしのお客ですよ」

市兵衛と京次は、それぞれ星作りと鉄削りの手を止めて、じっと見ている。連れて来た二人の気配からして、常なる客人ではないと勘付いているのだろう。元太もぴくりと眉を動かした。弥兵衛は知らぬ振りを決め込み、分かりきったことを問うた。

「喜助さんと新蔵さんは？」

「え？　ああ、兄貴は……灸の日で。夕飯は食いに戻るはずですよ。新さんは台所でさあ」

「じゃあ台所のお佐代と新蔵さんに、今日の夕飯は二人分増やすように伝えとくれ。あたしはこの二人と、少し話があるから」

皆の訝しげな目を受けつつ、作事場の真ん中を通って薄暗い廊下へ。数歩抜けると、蔵のある中庭沿いの縁側に出た。右後ろから届く光は茜色《あかねいろ》で、もうすぐ日が落ちるのだと知れる。左手にひとつ目は新蔵の、二つ目は京次の三畳間である。次に元太の四畳半、次が弥兵衛の六畳であった。

「まあ座ってください」

障子を開け放ったまま二人を招き入れ、行灯に火を入れながら勧めた。花火屋よろしく、畳の目に炭の粉が入り込んで黒ずんでいる。掃き損なったものがあったのか、腰を下ろした銀六が確かめるように畳を撫でていた。

「うちの職人、痩せてたでしょう」

声を向けると、銀六は苦い面持ちで、得心したように二度頷いた。

「さっきの元太とかいう奴、丸顔なのに頬がこけてやがったな」

「もっと大店だと思ってたんだがなあ。お上の御用達も、飢饉じゃ辛い目を見てる……か」

仙吉も決まりが悪そうだった。二人とも鍵屋の実際を知ったようだ。ならばと、弥兵衛は自分の商いを教えてやった。

御用商人とは言え、花火屋は夏の間しか稼げないものだ。幕府相手の商売も決して多いとは言えない。御用に従って花火を納め、時に二之丸の堀際で数発を打ち上げるのみである。徳川吉宗が将軍になってからは、倹約の名の下、さらに注文が絞られた。ひと夏で三、四十両の商いになれば多い方である。

「狼煙方の御用達って言ったって、大したことはないんですよ。初代は町人相手の花火で稼いだんですがね。大川の河原か海辺でしか遊べなくなってからは、ろくな稼ぎになりゃしません。川遊びの大名に売り込むのが一番の大口なんですが、去年は酷く涼しかったもんで、いつもの年の三分目くらいしか売れませんでした」

　世の全てが苦しいなら、鍵屋も同じく苦しい。そこについては二人とも得心したようだが、仙吉はまだ不服そうだった。

「けどよ、蓄えはあるんだろ？」

「そりゃ、あなた方よりはね。ただ、職人に給金も出さにゃならないし、商売にならない時期にも新しい花火をあれこれ試してますから。そこでだいぶ消えちまいます。高いんですよ、火薬ってやつは」

　仙吉は口を噤んで唸った。銀六は「はあ」と息を吐いて、深々と頭を下げた。

「本当に、すまなかった。番所でもどこでも突き出してくれ」

「もう、それはよしにしましょう」

　弥兵衛は穏やかに笑い声を上げた。

「財布は返してもらいましたしね。あなたも、あたしを殴ろうとして、やめたじゃないですか。いつまでも文句を付けるほど野暮じゃありませんよ。そうじゃなく――」

「旦那様、飯の支度ができましたよ。喜助さんもお帰りです」

二人を連れて来た訳を話そうとしたら、新蔵が声をかけた。中庭へと目を移せば、夕日はすっかり蔵の向こうに隠れている。弥兵衛は「うん」と応じ、目の前の客を促した。

「まあ、とりあえず飯にしましょうか。二つ奥の八畳間です。あれこれは、食べながら話すとしますよ」

銀六と仙吉はあまり長居をしたくなさそうだったが、ただ飯にあり付けるならとばかり、すぐに腰を上げた。

皆が揃った八畳間、膳に供されていたのは粗末な飯であった。八分目まで稗《ひえ》、残りが米という粥に少しばかりの芋が入っている。他には小皿に煮豆が少しと、たっぷり塩を吹いた梅干がひとつだけだった。

「では、いただきましょうか」

弥兵衛の左に佐代、佐代の左前には市兵衛と喜助、元太が並び、弥兵衛の右前には新蔵と京次が並んでいる。鍵屋一同は膳に手を合わせて箸を取ったが、正面の銀六と仙吉はいくらか面食らったらしく、粥の椀に手を伸ばさないでいる。それを見て、佐代が「ごめんなさいね」と声をかけた。

「お客様があるのを知ってたら、もう少しましなものを支度したんですけど。うちの人ったら何も教えてくれないから」

弥兵衛は粥をひと啜り、椀から口を離して「違いますよ」と箸の先を左右に振った。

「決まっていたお客じゃないんだ。予《あらかじ》め言っておけるもんかい」

　そして銀六と仙吉に顔を向けた。

「米が高くなってから、ずっとこんなお膳ですがね。味はいいですよ」

　促されていると分かったのだろう、銀六と仙吉も箸を取った。ざらりと粥を口に入れ、少しばかり目を見張っている。味も気に入ったらしい。

　もっとも、静かな夕餉であった。鍵屋の面々は二人を連れて来た訳を測りかねていて、そのせいで銀六と仙吉はなお居心地が悪そうである。

「なあ旦那」

　銀六が口を開いた。そろそろ連れて来た訳を、という顔である。弥兵衛は口の中の粥を飲み込んで、ひとつ頷いた。

「何から話そうかな。そうだね、まず……あたしは世の中を照らしたいと思って、これまで精進してきたんです」

　何を言っているのかという目が返される。一方、鍵屋の面々は声を出さずに苦笑していた。

「ええと。あれかい？　世の中を良くしてえ、てな話かい」

　仙吉の問いに「そうです」と頷く。銀六は、ますます訳が分からないという風だった。

「あのよう旦那。だから俺たちに飯食わせたのかい？　だとすりゃ、ちょっと……どうかと思うぜ。こうやって人助けをする気ならさ、江戸中の食い詰め者に施しでもしなきゃなるめえよ」

「飯は、そのためじゃありません。行き掛かりと、そういう時分だからってだけで。ただ……あなた方は、あたしと同じだって思いましてね」

弥兵衛の返答に、銀六は少し考えてから、驚いた声を上げた。

「え？　ええと。そりゃ、俺が花火屋になるって話かよ」

すると市兵衛や喜助、元太が顔を強張らせた。ただでさえ満足に食えないのに、まだ役に立たない奉公人を増やすつもりなのかと思っているのだろう。新蔵や京次は、面々のそういう心を察し、肩身の狭い思いをしているのに違いない。

弥兵衛は「あはは」と笑った。

「違いますよ。あたしと同じってのは、気持ちの上の話です」

満座に、おかしな安堵の息が漏れる。もっとも銀六は、すぐに渋い顔を見せた。

「馬鹿言っちゃいけねえや。俺ぁ旦那が言うとおりの屑野郎なんだぜ。そんな奴が、どうして同じなもんけえ」

屑——そのひと言に、仙吉も面持ちを曇らせた。

「屑ってえなら、おいらもそうよ。芸を見せる場のひとつも、ありゃしねえ」

途端、辛気臭い空気が流れる。市兵衛が「あの」と口を挟んだ。

「やっぱり旦那、この二人と何かあったんですかい」

「ああ。まあ、ありましたよ」

今日の一件を包み隠さず話す。喜助が、さも嫌そうに応じた。

「なら連れてくのは番所じゃねえですか。何、飯なんか食わせてんです」

市兵衛は「む」と唸り、佐代は固唾を呑んでいる。共に、何か考えあってのことだと思ってくれているらしい。元太は、ばつが悪そうな顔である。高間河岸の一件では、銀六や仙吉と同じ気持ちになっていたから、なのだろう。

「屑……か」

新蔵が、ぽつりと呟いた。そして、泣きそうな声で弱々しく漏らす。

「あっしだって、そうでさあ。気が小さくて、何をしても半端な奴なんだ」

「馬鹿野郎め。新公は曲りなりにも大工じゃねえか。俺っちなんぞ鉄を拾うだけだぜ」

京次も半ば捨て鉢になって、手にしていた箸を放り捨てた。

皆の気はすっかり萎えきって、膳を囲む部屋には重苦しいものが立ち込めている。さすがに、佐代も気が気でなくなったらしい。くいくいと袖を引き、眼差しで「どうする気なの」と訴えている。弥兵衛は妻に小さな笑みを返し、皆に向き直って口を開いた。

「今が屑だから、それが何だってんです」

驚愕の目が集まる。それを見回し、銀六に止めた。

「自分で屑だと思っている。でも、そのままで終わりたかない。だから銀六さんは、あたしを殴ろうとして、やめたんでしょう。だから自分の思い違いを知って、素直に詫びたんでしょう。違いますか」

「そりゃまあ……そうだが」

弥兵衛は微笑んで頷き、仙吉に向いた。

「あなたもです。あたしに言い負かされて悔しがっていた。くだらない屑のまま終わっちまう人ってのは、そういう時にゃ小馬鹿にして鼻で笑うもんだ。自分を騙《だま》して、相手より上に立った気になろうとするんです。あなたは、そういう人じゃなかった」

仙吉は何も言わずに固唾を呑んでいる。真剣になった目つきを確かめて、次には新蔵と京次に向いた。

「新蔵さんに京さん。二人はどうです。自分が屑で、それでいいんですか」

「いい訳ゃねえや」

「嫌ですよ」

京次が吐き捨て、新蔵が呟く。弥兵衛は「でしょう」と声を張った。

「自分を屑だって思える人にゃ、見込みがあるんだ。力が足りないって認めてんだから、どうにかしようって手を尽くす気になれる」

皆が驚いている。さもあろう。自分のお粗末を認めている人が良い——そんなことを言われるなど、初めてだったのかも知れない。

「まあ今のは親父の受け売り……ってえか、親父に思い知らされたことなんですけどね」

弥兵衛は苦笑を浮かべ、自らの昔を語った。

花火を学び始めたのは八歳の時で、元太が見習いとして奉公に上がるより二年早かった。自分はいずれ六代目となる身、きっと父が手取り足取り教えてくれるのだろうと思っていた。

だが父は、決して自ら教えようとしなかった。代わりに、市兵衛を始めとした職人たちの下働きから始めろと言われた。

「倅だろうと何だろうと、花火の『は』の字も知らん奴に教えることなんかない、ってね。おまえなんぞ、ただの木偶《でく》の坊《ぼう》だって突き付けられたんです。そりゃあ悔しかった。でも、あたしは確かに何もできなかったし、何も知らなかった。紛うかたなき屑、木偶の坊だったんですよ。そんな自分が許せなかった。だから市兵衛さんに従って、必死で花火を覚えた」

銀六と仙吉は、二人揃って何かを嚙み締めるような顔だった。路地裏で銀六を怒鳴り付けた時の、自らのひと言が思い出された。

『てめえの名じゃあ勝負できねえだと？　何言ってやがんでえ！　だったら、石に齧り付いてでも勝負できるようになってみやがれ』

　まさしくそれは、自分が通って来た道そのままであった。

「皆、このまま終わりたくないと思っている。ならば上がり目があるんです。それに銀六さん」

「……へい。何です」

　物言いが変わった。これなら、と大きく頷く。

「どうやったら上手く行くか。そいつが分かりゃあ、あなたは手を尽くしたんじゃないですか。それが分からないもんで、自分に苛々していた。違いますか」

「お見通しって訳ですか」

　あの時、銀六の拳が止まったことで、自分の中に答が出た気がした。

　上に立つ者が懸命に世の形を整えても、下の者は知ろうとしない。銀六や仙吉もそうだった。だが一方で、二人は内に熱いものを残してもいた。

　ならば、もしや。

　二人は身の振り方を判じかねて、胸に滾《たぎ》るものを形にできないだけではないのか。或いは二人に限らず、同じ迷いを抱えている人は多いのかも知れない。そう思うに至った。

「あたしは花火屋ですからね、木彫りも乞胸も、どうしたら上手く行くかなんて分かりません。だけど二人になら、心意気は通じるんじゃないかって思ったんですよ」

そして弥兵衛は胸を張った。自分は暗い世の中に負けたくないし、他の誰にも今の辛さに負けて欲しくない。どうすれば良いのかは、人それぞれが見付けねばならないだろう。それは難しい話に違いない。が、誰にとっても同じ、ひとつだけ確かなことがある。

「心から力が抜けちまったら、そこで終わりなんです。あたしだって、そういう気持ちになる時はありますよ。何せ、やれ飢饉だ飢え死にだ、流行り病だ、打ち壊しだって、もう江戸中が目茶苦茶じゃないですか。気が塞がない方がおかしいってもんだ」

弥兵衛は皆を見回して「でもね」と胸を張った。

「こんな時だからこそ、あたしは世の中のために、やりたいことがある。今日、ちょうど二人と会う前にね、そいつを形にしようって思ってたとこなんです」

人の目を楽しませ、心を浮き立たせるのが花火屋だ。暗い世の中であれ、少しでも楽しんでもらえば、気持ちの中に「何糞」「えいや！」という力を取り戻してもらえるかも知れない。そう言って、弥兵衛は銀六と仙吉に目を向けた。

「今日のいざこざだって、何かの縁でしょう。お二人もね、あたしとは違う形であれ、同じように『えいや！』って思って欲しいんですよ」

銀六は俯いて、照れ臭そうに鼻で笑う。そして再び顔を上げた。

「ありがとうござえやす。目が覚めました」

掏摸を働いた時の、荒んだ眼差しではなかった。生気を取り戻した面持ちが、ちらりと仙吉を向く。どうだい、と言うように。

「え？　おいら？　あ……。おう！　もちの、ろんでえ」

　ぎすぎすした気配が、ようやく拭われた。佐代が、ほっとしたように問う。

「で、おまえさん。やりたいことって？」

「おお、それなんだがね。実は狼煙方の平田様から聞いた話があってさ」

　昨年から、江戸では多くの人死にが出た。それらの霊を慰めるため、今年の五月二十八日、将軍・吉宗が水神祭を執り行うという。不作や飢饉は雨がちな天気によって引き起こされ、疫病は水辺から広まってゆくものだ。どちらも水に関わりがあるため、水神を祀《まつ》って怒りを鎮めようというのである。

「場所はこの両国、橋の西詰です。なら、この祭で花火を上げちゃどうかと思ってね。やればできるって気持ち、皆に持ってもらえるかも知れないでしょう」

「そりゃ、面白《おもしれ》えじゃねえですか。上様のお祭で花火が上がるなら、上様が下々を楽しませるようなもんだ」

　市兵衛のかさついた肌が、おぼろげに赤みを湛えた。元太と喜助の眼差しにも力がある。弥兵衛は力を得て「もうひとつ」と続けた。

「お上に掛け合って、夜店のお許しをもらえないかと思うんですよ」

江戸では日暮れの後の商売が許されていない。盗賊や諸々の咎人が動く時分だからだ。古くからある寺社で祭が催される時の出店、吉原の色町、或いは大名が川遊びをする時の船宿や料亭などは特別に商いを認められるが、これは幕府や諸藩が人と財を傾け、見回りなどの備えを十分に講じているからである。水神祭から三ヵ月、この法度を緩めて夜店を認め、人々に銭を使ってもらうというのが弥兵衛の腹案だった。

「大川にゃ夏の間、夕涼みに来る人が多いじゃないですか。そういう人ってのは、少しばかり懐にゆとりがあるもんだ」

ゆえに、食いものや麦湯などの店があれば、そこに銭を落とす。鍵屋が大名の屋形船に花火を売り込み、これを見物しながら時を過ごすとなれば、なお財布の紐は緩くなるだろう。

「そうやって店の実入りが少しでも増えたら、今度は店の人らの財布が緩む。これが広がって行きゃあ、下々の間で銭が回るでしょう。皆が少しずつ、ひと息つけるかも知れない」

次の米は七月の末から八月に出回り始める。その時まで下々がどうにか食い繋ぐため。だからこその三ヵ月、五月二十八日から八月二十八日までなのだと、思うところを話して聞かせた。

弥兵衛の顔は、初めは「何とかなるのでは」という淡い期待を湛えていた。語るほどに、それが「何とかする」という覇気に変わってゆく。そこに光明を見たか、居並ぶ顔にも「もしかしたら」の望みが漂うようになった。

　弥兵衛は銀六と仙吉に目を止め、にこりと笑った。

「どうです。やろうと思えば何かしら見付かるもんでしょう」

　仙吉は、しみじみと頷いた。

「……おいらたちも気張らにゃならねえや。な、銀さん」

　銀六も「そうだな」と頷き、こちらに向いて丁寧に頭を下げた。

「旦那。俺にできることがあったら言ってくだせえ。今日の飯の礼に、必ず手伝いますぜ」

「ありがとう。でも、二人は自分のやり様を見付けるのが先ですね」

応じると、皆が「違《ちげ》えねえ」と笑った。

　その先は、粗末な飯がこの上なく旨く感じられた。鍵屋の職人は水神祭の花火について「あれがいい」「こうしたらどうだ」と話している。佐代は嬉しそうに皆を眺め、新蔵や京次でさえ、自分にも何かできないかと考えている風であった。

　飯が終わると、銀六と仙吉は礼を言って去って行った。深川の住まいをなくした銀六は、しばらく仙吉の長屋で厄介になるという。

四　弥兵衛の願い

　江戸城三之丸の御殿、いつもの八畳間に平田左近が入って来た。二月下旬、開いた障子から流れ込む空気は春の香りが強くなっている。弥兵衛は胸を躍らせ、平伏して平田を迎えた。

「形どおりの挨拶なんぞ、いらねえよ」

平らかに声をかけられて面を上げる。きっと平田も良い顔をしているだろう。と思いきや、曇っている。弥兵衛の胸にさざ波が立った。

「あの。平田様」

「呼び出しといて何だが、ちと言いにくい話だ」

「まさか、だめだったんですか」

「……まあ、そういうこった。三ヵ月も夜店を認めろなんて、危なっかしい陳情じゃなあ」

弥兵衛の顔に浮かんだのは、落胆ではなく驚きと憤慨であった。

「何を仰せです。水神祭の五月二十八日から三ヵ月、米が一番足りなくなる頃じゃないですか。そういう時だからこそのお願いなのに。少しずつでも儲かりゃ銭が回って、どうにか町人も食い繋げるでしょう。そうでなきゃ皆へこたれちまいますよ」

平田のごつごつした顔に、いつもの厳めしさはない。弱りきった面持ちである。

「そいつは前にも聞いたし、重々分かってんだがな」

「なら、どうして。今年の米がまともに取れたって、下々の気持ちが萎《しお》れてたんじゃ、誰も身構えたままでしょう。先行きが暗くなるばかりじゃありませんか」

なお食い下がるも、平田は「しかしも案山子もねえ」と苦渋を滲ませた。

「おめえさんだって知ってんだろ。河原ってのは咎人が身を隠しやすい。夜鷹やら盗賊やらが山ほどいるんだ。三ヵ月も夜店を認めたら、そういう奴らがここぞとばかりに悪さを働くかも知れねえ。上様直々の祭に味噌付ける訳にゃいかねえんだよ」

「若年寄様が、そう仰せなんですか」

「俺も粘ったんだが、本当にそれで銭が回るのかって言われちまうとな……」

やる瀬なさそうな、ぼやき声が返される。弥兵衛はむっつりと押し黙った。

下々が銭を使って世の中に回し、巡り巡って皆を潤す。それが三ヵ月続くという胸算用はあった。水神祭の後も、夏の大川には大名が夕涼みの船を出す。去年は悲しくなるくらい少なかったが、いつもの夏は違うのだ。鍵屋の商売も毎夜十両、十五両と稼げるほどである。その花火は川遊びの大名衆が楽しむだけではない。火避地《ひよけち》——火事の多い江戸で火が広がるのを防ぐため、敢えて何も置かない場所——として広く取られた両国広小路や、両国橋には多くの町人が集い、お零れの見物に預かっている。

「客足は手前共の花火で引いて見せます。夜ごと三百人は下らないんですよ。気晴らしに来て楽しい気持ちになりゃ、ひとりが夜店で使う銭だって百文くらいは見込めます。三百人で三ヵ月なら五、六百両になるじゃないですか。町人の間で動く銭がそれだけ増えるなら、十分に大きいでしょう。咎人だって、人目の多いとこで悪さをしようとは思いませんよ」

「言いきれるのかい。おめえさんの皮算用が間違いねえ、って」

問われて、つい言葉に詰まった。そうなる見通しは大きいが、この世に「必ず」と言えることはひとつもない。

「なあ鍵屋。御公儀は今、飢饉に手当てすんので精一杯だ。余計な火種は抱えたくねえんだよ。御用達の身なら、おめえさんだって分からあな」

申し訳なさそうな顔であった。平田は旗本、若年寄の差配を受ける身である。上が許さないと言えば従うしかないのだろう。

これ以上ごねるのも、いささか憚《はばか》られる。思う気持ちに、続く言葉には溜息が交じった。

「致し方ありません。では、もうひとつの……余興の花火は是非とも」

「そいつも蹴られた。諦めてくれ」

「え？」

　陳情の二つ目は、水神祭の晩に鍵屋が余興の花火を上げるという案であった。それも認められないとは、どういう訳だ。

「お待ちくださいな。元々、手前共は大川で花火を上げているじゃありませんか。お許しをいただけないなんて、おかしいでしょう」

「商売を差し止める訳じゃねえ。だが花火だって、ただじゃねえだろう。一発で一両、大掛かりなやつなら五両もすらあな。何発やるつもりだい。その銭、どこから出るんだね」

「それは……」

「さっきも言ったが、御公儀は一杯一杯だ。去年納めてもらった花火は使ってねえし、そいつを上げるってんなら話は別だが」

　去年の夏にも少しばかり納めたが、如何に使っていないとは言え、それを上げるという話はあり得ない。弥兵衛はしかめ面を横に振った。

「長く置いたら火薬が湿気て、使いものになりません。たとえ使えたところで、使いませんけれどね。水神祭の晩は新しい花火じゃなきゃいけないんです」

「どうして」

「皆に元気を出してもらいたいからですよ。今までのより、ずっと明るい花火ができたんです。そいつを見てもらやあ、こんなご時世でも、やればできるって思ってくれるはずなんだ」

平田は細く長く溜息をついた。

「意気込みは買う……って言うよりな、おめえさんとは長《なげ》え付き合いだから、そういう心意気の男だってのは知ってらあ。でもよ」

でも、何だと言うのか。黙って目を合わせ、続きを促した。

「御用達の立場を使って、てめえが儲けたいだけじゃねえのか……だとさ」

平田は逃げるように眼差しを逸らし、眉をひそめた。よほど言いたくなかったのだろう。こちらとて何を聞いたのか呑み込めないでいる。やっとのことで、掠れる声を出した。

「若年寄様が？」

返答はない。代わりに、平田は伏し目がちになった。

弥兵衛の胸が、じわりと疼《うず》く。じわじわと、焼けるようなものが満ちてゆく。悔しい。腹立たしい。

そして、弾けた。

「見くびってもらっちゃ困ります！　手前は商売云々で言ってんじゃありません」

「おい待てよ」

　平田の顔――困り顔だと、頭では分かっている。だが今の心には、どうしても面倒そうな面持ちに映って仕方ない。胸の火がさらに勢いを増す。

「ええ、そうですとも。曲りなりにも御用達の身です。お上が苦しいのだって百も承知なんだ。だけど！　ほんのちょっとだけ手助けしてもらえりゃいいのに、それさえ、できないって仰せなんですか」

「うるせえ！　俺が、だめだって言ってんじゃねえ」

　怒鳴り返された。長く泰平が続いたとは言え、武士の心根はやはり荒い。腹の底から叩き出された一喝は、食い殺さんばかりの凄みを帯びている。弥兵衛はそれで頭を冷やし、語気の熱をすっかり凋《しぼ》ませた。

「……申し訳ありません」

「やれやれ」

　平田は苦笑して面持ちを緩め、何とも気だるそうに腰を上げた。

「水神祭ってのも、まあ祭にゃ違えねえやな」

「はい？」

「お上が何もかも知らん振りなんて、格好悪いって言ってんだ」

　そして大きく首を回し、右手で左の肩をトントン叩きながら背を向ける。

「祭に夜店は付きもんだ。水神祭だけ別なんてのは、確かにおかしいやな。せめて祭の晩だけでも……ってな。そこだけは突っ張ってみらあ」

呆れ声と共に、すっと障子を開けて出て行った。

窮屈な立場にありながら、平田なりに力を尽くそうとしてくれる。その気持ちは素直にありがたい。弥兵衛は誰もいなくなった廊下に向けて深々と頭を下げた。

もっとも、面持ちは一層暗く沈んでいた。

＊

「旦那、いい報せですぜ」

腰の灸から帰った喜助が、部屋の前に座って顔を綻ばせた。弥兵衛は帳面との睨めっこをやめて、ふらりと顔を上げた。

「どんな話です」

「水神祭の晩、西詰で夜店のお許しが出たそうですぜ。帰りしな、船宿と料理屋がざわついてたんで、聞いてみたんでさあ」

「そうですか」

素っ気なく返すと「はて」という顔をされた。

「旦那の思いどおりになったんでしょ。どうしてそんな、つまらねえ顔してんです」

弥兵衛は再び帳面に目を落とし、眉根を寄せて大きく溜息をついた。

たったひと晩の夜店は、平田が粘って勝ち取ってくれたのだろう。そこは重々感謝している。しかし。

「上様が重々しく祭をやるだけで、果たして夜店が賑わうかどうか。皆の気が晴れなけりゃ、何の効き目もありゃしませんよ」

今は誰もが気を塞いでいる。それが金の巡りを澱《よど》ませ、江戸では去年の運上——商人や職人の儲けに課される税が満足に納められていない。下々の暮らし向きが悪ければ、必ず上にも火の粉が飛ぶということだ。幕府が窮まれば大名にも及ぶ。大名が苦しくなれば、それらを相手に儲けてきた鍵屋は商売にならない。

だが、水神祭で花火を上げれば、人々に「やればできる」の心意気を見せられる。少しなりとて流れを変えられたろう。自分だけのためではない、人の楽しみを生業《なりわい》とするからこその陳情だったのだ。

身を守るのに汲々《きゅうきゅう》とするばかりの、喜びのない世が果たして幸せだろうか。皆の心から見えない枷《かせ》を外せば、世の中はきっと活き活きとした力を取り戻し、人々は自ら前を向くに違いない。その手助けができれば、どれほど嬉しいことか。

「お上がね。無駄金を使えるかって言って、助けてくれないんですよ。今のままじゃ、うちは花火を上げられない。夜店だけで喜んじゃいられません」

「確かにねえ」

喜助は苦しそうに言い、のっそり立ち上がった。腰を境に、体の上と下がばらばらに動いている。

「寂しい祭じゃ逆に気が滅入っちまう。八方塞がりたあ、このこった」

「まあ、あたしはまだ諦めちゃいませんがね。何とかできないか考えます。って訳で、市兵衛さんたちの手助け、よろしく頼みますよ」

「分かりやした」

喜助は首から上だけで会釈し、壊れたからくり人形のような足取りで作事場に戻って行く。それを見送り、弥兵衛は大きく溜息をついた。

さて、どうしたものか。

京次の鉄削りで花火は明るさを増し、元太が作る新しい火薬にもばらつきがなくなった。これを使うなら派手な花火が望ましい。大桜を十幾つ並べれば、さぞ人目を引くことだろう。もっとも鍵屋の財で打ち上げるなら、材料だけで三、四十両の持ち出しとなる。

或いは火車も華やかだ。荷車に使う輪の上下左右に筒花火を括り付け、それぞれの火の勢いで回すものである。大川の土手に高い土台を作れば遠くからでも見えるだろう。土台は新蔵の大工仕事で作ってもらえば良い。

とは言え、これにも金がかかる。火車ひとつに使う筒花火は四つで、作るのに二両半ほど。土台の材木を入れたら三両余りか。それに、火の車をひとつ回すだけでは締まらない。町衆の景気付けには、やはり五つ、六つと連ねなければならないだろう。都合、二十両近くになる。

「花火ってのは、どうしてこう……銭を食うのかねえ」

　帳面を睨みながら、右手の人差し指で眉間をトントンと叩く。盛大な余興にするには、大桜や火車だけでは足りないだろう。流れ星、葡萄など、あれこれの花火を組み合わせなければならない。ひととおりを鍵屋で賄うなら、水神祭の晩だけで百五十両も消えてしまう。

「試し打ちもあるしなあ。その上で皆の給金も出しゃあ……うちに残るのは多くて二百両か」

　膝の帳面を畳み、ぽんと放り出した。足を崩して畳の上で大の字になる。

「だめだ。それじゃ八月分の火薬が仕入れらんない」

　火薬の材料、硫黄と硝石は特に値が張るものだ。身銭を切って無理をすれば鍵屋が息切れしてしまう。去年は夏に満足な稼ぎを得られなかった。その上で米の値が上がり、店の金も取り崩してきたのだ。ここへ来て向かい風が一層強くなった格好である。

「歌舞伎みたいに、金を出してくれる旦那衆がいりゃあ楽なんだがな」

　ぼやいて目を瞑る。が、すぐに跳ね起きて虚空を見上げた。

「芝居だって、端《はな》からそうだった訳じゃ……」

舞台を構えるには恐ろしく金が要るが、その金を出す旦那衆とて伊達や酔狂でやっている訳ではない。歌舞伎座が良い芝居を見せ続け、贔屓筋《ひいきすじ》をがっちり掴んでいるからこそだ。つまり金主たちは、舞台が当たれば見返りがあると思って支えているのである。

「うちだって同じじゃないか。先代、先々代……鍵屋はずっと、いい花火を見せてきたんだ。出してくれって、頼んでみりゃあいい」

ごくりと唾を呑み、弥兵衛は「よし」と立ち上がった。

*

船宿三軒、料理屋四軒と水茶屋が二軒。両国橋の西詰にある店はそれで全てである。思い立ったその日に半分を回り、翌日になって残りに声をかけたのだが、一軒を訪ねるごとに弥兵衛の顔は渋くなっていった。

「何とかお願いしますよ、旭屋さん。うちの花火で必ず客を集めますから」

最後に当たった船宿、膝を詰めて座った店主を前に、弥兵衛は深々と頭を下げた。向こうは難しい顔で「ううん」と唸っている。

「そうは言ってもね……鍵屋さんほどじゃないが、うちも春から秋までの商売ですから。

夏の屋形船はさて置き、釣り船は大した儲けにならないし、余計な銭なんぞ持っちゃいませんや」

「少しずつ出し合ってもらえば何とかなるんです。今は誰も銭を使おうとしないでしょう。そういう気持ちをパッと明るくしてやりゃ、だいぶ変わるじゃないですか」

旭屋の店主は、白髪を湛えた丸顔で二度頷いた。

「そこは仰るとおりでさあね。でも、他は銭を出さないって言ってんでしょう？　昨日の晩、亀屋《かめや》さんから聞きましたよ」

西詰の並びにある水茶屋の一軒である。弥兵衛は言葉に詰まった。思い立ってすぐ動き、全てに話をするのに二日使ったのが仇《あだ》になったか。他が出すと言えばうちも、出さないと言えばうちも、となるのは世の常だ。

「そもそも、鍵屋さんがやるこたあないでしょう。尾張《おわり》様やら紀州《きしゅう》様やら、お抱えの狼煙方がいる藩もあるんですから、お上を通して頼みゃいいじゃありませんか」

旭屋の言うとおり、大名には花火師を抱える家があった。遠い昔――戦乱の頃から火薬を扱い慣れた大筒方《おおづつかた》が、泰平の世でその技を花火に転じたものである。もっとも、どの藩にもいる訳ではない。火薬は元々が戦に使うもので、尾張・紀伊・水戸《みと》の御三家をはじめ、一部の譜代にしか扱いが許されないからだ。

それらの中でも御三家は、火薬についての締め付けが緩い。諸々を試して技を磨いてきたからであろう、尾張藩の花火は特に抜きん出ていて、鍵屋の町方花火を凌ぐほどである。そうした家だけに、幕府の狼煙方に口を利いてもらえば引き受けてくれる目は十分にあった。

しかし、と弥兵衛は首を横に振った。

「そりゃあ尾張様の花火はお見事ですよ。だけど、やっぱり町方でやらなきゃ」

「どうしてです」

不満げな顔を向けられ、居住まいを正した。

「去年からの飢饉で、お上や大名家に飢え死にが出たなんて話は聞かないでしょう。こんなご時世でも、上に立つ人にゃ力があるんです。そういう人らがどれほど見事な花火を上げたって、町の皆が『よし、やってやろう』ってなりますかねえ」

言いながら思い出したのは鍵屋の新顔であった。新蔵も京次も、来たばかりの頃は自らの先行きをすっかり諦めていた。そう言えば、この間の二人——銀六と仙吉も似たようなものだった。あれこれ話した後は心持ちを改めたものの、初めは力のある者を妬み、恨むばかりだったのだ。

世の中の全てが同じだとは言わない。が、あまりに長く辛い思いをすれば、卑屈になる者は多くて当然である。大名、あまつさえ御三家が素晴らしい花火を上げたところで、下々は「糞面白くもねえ」とそっぽを向くだろう。

「藪蛇《やぶへび》ですよ。大名花火じゃ『恵まれてる奴ぁいいねえ』だの『お侍様と自分らは違う』だの言って、余計にいじけちまう。西詰の皆さんが金を出し合って花火を上げたとなりゃ、きっと『俺たちだって』って思ってくれます」

店主は「ふむ」と頷いた。先ほどの不服そうな面持ちを改めている辺り、こちらの言い分を認めてくれたらしい。

何とかなるだろうか。一軒だけでも「うん」と言ってくれたら、それを梃子《てこ》にもう一度他を説き伏せに行ける。ここが勝負どころだと、弥兵衛は大いに胸を張った。

「それにね。祭の晩の花火は、これまでのより見事な仕上がりですよ」

「どんな按配に？」

「とにかく、火が明るいんですよ。今までと同じ花火とは思えないくらいに」

「ほう、そいつぁ面白い。でも、あっしら西詰の者はお宅と長い付き合いだから知ってますが、花火は高く付きますさあね」

「ええ、まあ。火薬は値が張りますから」

「で、その凄《すげ》え花火を上げるのに幾らかかるんです」

少しばかり迷いが生まれた。誰も金を出すと言っていないのに、はっきり答えてしまって良いのだろうか。

だが。今は黙っていて、後から実のところを明かすのは、騙すようなものだ。それでは鍵屋の暖簾に傷が付く。正々堂々だ。すっと息を吸い込み、落ち着いて応じた。

「花火作りにゃ試し打ちが付きものでして。そこまで入れたら二百両です」

「二百？」

裏返った、素っ頓狂な声であった。

「そいつを西詰の店だけで出せってんですか。どれだけ稼いだって、ひと晩で捻り出せる銭じゃありませんよ」

「分かりますよ。うちだって儲けなんか一銭も出ないんですから。でもね、そこで皆の気持ちが上向けば――」

「話になりませんや。そちらさんが半分、百くらい出すってんなら別ですがね」

道理ではあるが、半分も出す訳にはいかない。それでは夏の仕入れも覚束なくなる。

「さすがに、そこまでは。五十……いや、七十までなら何とか」

案の定、相手は押し黙り、ありありと嫌気を湛えた顔になった。

「それでも残り百三十でしょう。鍵屋さんの言い分が正しいってのは分かりますがね、だからって、西詰だけでどうにかしろなんて虫が好《よ》過ぎまさあ。諦めてくださいな」

「それは……。いえ……無理なお願いをしてすみませんでした」

聞いてくれただけでもありがたいと謝意を示し、弥兵衛は船宿を去った。

肩を落として土手を進む。見下ろす大川端には青い色が増え、昼下がりの光に蒲公英《たんぽぽ》の黄色が眩しかった。

「野の草は、羨ましいねえ」

　ある年は天気の悪さに苛《さいな》まれても、翌年になってお天道様の機嫌が直れば、こうして花を咲かせる。人は、そう簡単にできていない。足取りも重く帰途に就いた。

　店先の引き戸を開ければ、土間では喜助が枯れ葦に星を詰めていた。作事場の右手前では市兵衛が盆に取った星を乾かしていて、その脇で京次が鉄を削り、元太が薬研を使っている。

「今、帰ったよ」

　挨拶の声は、どうしても腑抜けたものになった。それだけで不首尾と分かったのだろう、皆は何も言わない。ひとり市兵衛が仕事の手を止め、平然と顔を向けた。

「だめだったんでしょう。元々が、お上から金を引き出す肚だったんだ。そいつを工面しようってえなら、もっと考えねえと」

　どうしたのだろう。口ぶりはいつもどおりなのに、突っ掛かって来られたように思えてならない。胸の内を逆撫でされて、弥兵衛は仏頂面になった。

「考えてますよ、これでも」

「そうですかい」

　素っ気なく言って仕事に戻ってしまう。しくじるのは目に見えていた、とでも言いたげな態度だった。水神祭で花火を——この話をぶち上げた晩には、真っ先に面白いと言ってくれたのに。虫の居どころでも悪いのだろうか。

そう思って呑み込もうとしたが、気がささくれ立って仕方ない。ぷいと顔を背けて、弥兵衛は奥の廊下へ足を運んだ。

暗がりに消えようとしたところで、京次が沈んだ声を寄越した。

「旦那あ。祭の晩がだめならよう、俺なんぞ、ここにいるだけ迷惑じゃねえのかい」

「……だったら、どうしようってんです」

足を止めて目だけを向け、突《つ》っ慳貪《けんどん》に応じる。京次はしばらく俯いていたが、こちらの苛々が募った頃になって、力の抜けた小声を漏らした。

「夢見させてもらっただけで、ありがてえや。けど……やっぱり俺っちなんぞ、何やってもだめなんだろうぜ。放り出されても文句なんか言えねえや。新公の野郎も同じだと思うぜ」

京次らしからぬ弱気な言い草であった。

こんなことを言わせてしまうとは——弥兵衛の中に、先までの苛立ちとは全く逆の怒りが湧いた。甲斐性のない自分、だらしない自分に口惜しさが募り、胸が苦しくなる。大風呂敷を広げながら、ぬか喜びをさせるだけで終わってしまうのか。

作事場と土間が、まるで通夜のように静まり返っている。いつもどおりなのは市兵衛だけだった。丸めた星の形を整えていて、こちらの怒りにも、やる瀬なさにも知らぬ顔をしている。

「放り出せって、京さん」

弥兵衛は眉根を寄せ、唇を噛んだ。

京次と新蔵に暇を出し、息をひそめて日和を待つ。鍵屋が生き残るだけなら、それもひとつの手だ。

しかし。

いや。だめだ。京次や新蔵だけではない。元太も喜助も、それから――やはり市兵衛も、鍵屋弥兵衛を信じ、鍵屋弥兵衛に賭けてくれたのだ。途中で投げ出せば自分の男が廃る。たとえやり遂げられずとも、万策尽きるまで懸命にならなければ。

「何言ってんです。まだまだ、これからですよ。他に手がないか――」

「皆さん、お茶ですよ。って……あれ？」

奥に続く廊下から、新蔵が顔を出した。仔細を知らないせいで普段どおりの様子だったが、作事場の空気に異なものを察してか、湯呑みの盆を持ったまま戸惑っている。

「あの。あっし、お呼びじゃねえみてえで」

「悪いが新さん、今ぁ茶なんぞ啜る気分じゃねえんだ」

元太が強張った顔を向け、手短に仔細を語る。新蔵の面持ちが、見る見る情けなさを増していった。

「……そういう訳でしたか。分かりますよ、京さんの気持ち。それに旦那様が今、どういう思いなのかも。あっしもね、棟梁から注文取って来いって言われちゃ、断られてばっかりで。その代わりに――」

注文の代わりに、とは。注文を取る以外に、何があると言うのだろう。弥兵衛は何となく新蔵を向いた。

が、続きは喜助に遮られた。

「うるせえ新公！　てめえの話なんぞ誰も聞いちゃいねえんだ」

「あ、は、はい。すみません」

驚いて頭を下げ、そそくさと立ち去ろうとする。弥兵衛はそれを呼び止めた。

「お待ちなさい。あたしは聞いてますよ。大工仕事の代わりなんて、何かあるんですか」

「え？　いやその」

「聞かせてください」

新蔵は、おどおどしながら話を続けた。

注文を取れなかった時には、代わりに盛り場の屋台を回れと言われたそうだ。浅草・浅《せん》草《そう》寺《じ》仁《に》王門《おうもん》から西の奥山《おくやま》界隈は盛り場で、屋台も多い。また日本橋堺《さかい》町《ちょう》には歌舞伎の中《なか》村《むら》座《ざ》があり、これを当て込んだ屋台が出ている。

「ちょこっと傷んでんのを見付けて、直しの注文を取れってんです。細かい仕事ですけどね」

「で、小銭を稼いだと」

京次がつまらなそうに頷く。新蔵は「いえ」と悲しげに続けた。

「そこでも断られるばっかりでしてね。直したら余計に稼げんのか……なんて言われちまうと、もう押せなくなっちまって」

如何にも新蔵、という話に皆が「何だよ」と眉をひそめている。

だが、弥兵衛だけは違った。

「余計に稼げるのか……。稼げるのか……」

どれほど儲かっても、ひと晩で二百両など支度できるはずがない。旭屋に言われたその言葉が頭の中で回っている。

分からぬでもない。何しろ西詰には船宿三軒、料理屋四軒、水茶屋二軒しか店がないのだ。それだけの数では一軒の割り当てが大きくなり過ぎる。せめて、もっと数があれば。

「……え？」

ぼそりと呟く。そして、急に大声を出した。

「そうか……そうだ！　稼ぐ人が増えりゃいいんだ。店が増えりゃあ稼ぎも増える。そうすりゃ銭も集められるじゃないか」

何を言っているのかと、奇異な目が集まる。しかし弥兵衛はなお「そうだよ」と捲し立てた。

「屋台の稼ぎは小さいもんだ。それが、たったひと晩でも跳ね上がるんなら、来てくれるに違いない」

「旦那さん。ねえ。何言ってんです」

元太が何かを危ぶむように声をかける。弥兵衛はたった今の自分を顧みて、照れ笑いを浮かべた。打ちひしがれて、おかしくなったように見えたかも知れない。

「いやいや、急にすまなかったね。新蔵さんの話で閃《ひらめ》いたんだ」

そして咳払いをひとつ、皆を見回して語った。西詰だけで二百両を出すのが難しいなら、店を出してくれる者を募れば良いのだと。

「屋台に声をかけるんですよ。祭の日に花火を上げる、見物の客が大勢集まる。いつもの夏は多くて四百人くらいですけど、新しい花火を触れ回って、もっとたくさん呼ぶんです。人が多けりゃ必ず稼げる。浅草や日本橋の屋台も、きっと来てくれますよ。屋台から少なめに、西詰の店から少し多めに銭を出してもらやあ、何とかなるかも知れません」

皆の目が変わった。それならできそうだと顔に書いてある。市兵衛だけは知らぬ顔で仕事の手を動かしていたが、弥兵衛は捨て置いて「ようし」と両手に拳を握った。

「こうなったら千人、二千人と客を引いてやりましょう。高間河岸の打ち壊しだって、あの狭いとこに千七百幾らも押し寄せたんだ。両国橋の上やら広小路やら、二千くらいは軽いもんです」

　高間河岸と聞いて、元太は少し苦いものを見せた。だが、もうあの時の元太ではない。すぐに自らの悔いを拭い去って、軽く「はは」と笑った。

「やっぱり、そういう顔でいて欲しいや。血が騒いでる時の旦那さんは、惚れ直しますぜ」

「そうかい。ありがとうよ」

「でも二千も客がいたら、屋台じゃ捌《さば》ききれねえんじゃありやせんか？　何しろ屋台ってやつぁ小せえし、ほとんどは親爺《おやじ》ひとりで切り盛りしてますからね。話がでかくなり過ぎでさあ」

　元太の声に、ざわ、と笑いが起きる。作事場の空気はすっかり変わっていた。

「屋台じゃない店が増えりゃいいんですけどね。掘っ立て小屋の十くれえなら、あっしひとりでもすぐに作れるんだけど。誰か店、出してくんねえかなあ」

　新蔵でさえそう言って、びくついた顔ではない。

「調子に乗んねえ。掘っ立て小屋作るにしても銭が要るじゃねえか。あれこれ考えておっ立てんのは、てめえの爪楊枝みてえな股座《またぐら》だけにしとけ」

　京次も、いつもの調子が戻ってきたらしい。その傍ら、弥兵衛はまたも新蔵の話に目を見開いていた。

「いや。いいですよ、それ。掘っ立て小屋ってのがいい。芝《しば》やら品川やら、ちょっと離れたとこの水茶屋にも出店を頼むんです。新蔵さんは忙しくなりますけどね。建てる銭も、店を出す人に都合してもらえば何とかなります」

だが――。

ずっとそっぽを向いていた市兵衛が、そこで「お待ちなせえ」と口を挟んだ。

「それで、いけるんですかい。場所だって、ありやせんぜ」

相変わらずの素っ気なさである。弥兵衛の中で最前の苛立ちが頭をもたげた。

「何言ってんです。いけますよ。場所だって十分にあるじゃないですか」

ぶっきらぼうに返し、鼻で笑い飛ばす。市兵衛の顔に何とも言えない色が浮かんだ。

*

芝、徳川将軍家の菩提寺《ぼだいじ》・増上寺《ぞうじょうじ》。その表門前には東海道が引かれ、この道を挟んで多くの商家が並んでいる。火避地も兼ねた街道は、大八車が十幾つも並んで通れるほど広い。近所には徳川譜代の大名屋敷も多くあって、人通りも絶えない場所である。それらを当て込んだ水茶屋も多く、中には台ひとつを出して甘酒や麦湯を売る者もあった。

弥兵衛は紙の束を抱えて水茶屋を訪ね、店先に立て掛けられた葦簾《よしず》の陰に入った。

「すみません。ちょっと、よろしいですか」

「はぁい。ご注文は？」

年の頃十四、五といった娘が、ぱたぱたと出て来た。弥兵衛は「いえいえ」と笑った。

「茶を呑みに来たんじゃないんです。ここのご主人に、ちょいとお話がありましてね」

「ああ、そういうお客さんでしたか。旦那ぁ！」

娘は奥に向けて声を上げた。五十絡みと見える店の親爺が、前掛け姿で手拭を使いながら「はいよ」と顔を出した。

「こちらさんが、旦那にお話があるって」

娘は愛嬌たっぷりの笑みでぺこりと頭を下げ、他の客の注文を取りに行った。弥兵衛は会釈を返し、親爺に向き直って丁寧に一礼した。

「どうも、初めまして。両国の横山町で花火屋をしております、鍵屋弥兵衛と申します」

「え？　あの鍵屋さんで？」

鼻の穴が拡がっている。大層驚いたらしい。全く畑違いの花火屋、しかも御用達の主人が訪ねて来て「用事だ」と言えば、無理もないか。

ともあれ話は聞いてくれそうである。弥兵衛は胸に抱えた紙束から一枚を取って差し出した。昨日、瓦版屋に頼んで摺った散らしだった。

「実は、上様お声掛かりの水神祭で夜店のお許しが出ましてね。ついては、その晩だけ出店をお願いできないかと頼みに上がったんですよ。お客は、手前共の花火で必ず集めますんで」

「ああ……まあ、そういう話なら儲けにはなるでしょうがね、うちは屋台も何も持っちゃいねえもんで」

とても、という薄ら笑いである。弥兵衛は「なあに」と満面の笑みで胸を張った。

「店はこちらで支度しますから。掘っ立て小屋ですが、ひと晩だけなら障りはないでしょう」

「そこまで、してくれるんでやすか」

親爺は飛び出そうなほどに目を見開き、顔を突き出す。乗り気になったのを察し、弥兵衛は心中に「よし」と頷いて言葉を継いだ。

「もちろん、ただで支度する訳じゃありませんけどね」

「あ、やっぱり……。じゃあ、やめときまさあ」

見越していたとおりの返答である。ここからが談判だと、幾らか困った顔を作った。

「いいえ、もう少し聞いてくださいな。うちも無闇に銭を出せってんじゃありません。まずは店の支度で一両、あとは儲けの三割だけ頂戴できればいいんです。頂戴した金は、その晩に上げる花火のために使って、手前共は儲けを取りません」

親爺が軽く唸り始めた。乗れるものかどうか迷い始めたようである。

「儲けの三割はいいとして、支度の一両ってのが、どうもね……」

「そのくらいは稼げますよ。何しろ二千人もお客を集めるつもりですからね。お渡しした散らしもね、瓦版屋に頼んであちこちで配ってますから」

「へえ……。ええと。大川端の大花火、昼と見紛う明るさで、夜空に花を咲かせましょう……」

散らしを流し読み、そのまま考え込んでいる。急かしてはなるまい。それでは「儲けさせてやる」と見下しているように取られるだろう。この間の銀六や仙吉と同じで、人々は花火屋というものを知らない。御用商人というだけで大店と見ているのだ。金持ちの驕《おご》りと思われたら、それまでである。

「……そうだなあ。いや……お話だけにしときまさあ」

悩んだ挙句に断られた。が、はいそうですかと引き下がる訳にもいかない。弥兵衛は「そこを何とか」と頭を下げた。

「ねえご主人。飢饉と流行り病のせいで、こちらさんのお客も萎れた顔をなさってんじゃありませんか？　そういうの、いつまでも続いちゃいけないと思うんですよ」

少しでも世に明るさを取り戻したいのだと、胸の内を熱っぽく語る。下々が萎えていれば幕府も苦しくなり、打つ手がなくなる。江戸の治世はなお窮まってゆくだろう。そういう悪い流れを作ってはならないのだと。

親爺は相変わらず渋い顔だった。

「あっし、そういうのは分からねえんで。だいたい、世の中を良くすんのなんて、お上の役目でしょうよ。何であっしら町方が気を張らなきゃならねえんです」

「そう言ったもんでもありませんよ。世の中を支えてんのは町方です。お上だって、あたしらが納める運上やら、百姓が納める年貢やらで食ってんですから」

弥兵衛は「どうか」と深く頭を下げた。

「手前共の花火、皆さんから分けてもらった儲けで上げるってお話ししたでしょう。そういうやり方を考えたのは、お上が飢饉の手当てで一杯になっちまって、銭を出せないからなんです。なら、やらなきゃいいって言われそうですが……。でも、苦しい時こそ意地張んのが江戸っ子じゃないですか。あたしらの力で花火を上げて、お客に楽しく呑み食いしてもらうんです。世の中の憂さ、一緒に晴らしてやりましょうよ」

「……しょうがねえなあ」

弥兵衛の顔が「お」と明るくなった。下げた頭を半分上げ、腰を曲げたまま親爺を見上げる。

「頼まれてくれるんですか」

「江戸っ子の意地って言われちゃあね。だけど鍵屋さん、ひとつだけお願えしてえんです」

何だろう。聞ける話ならばと、固唾を呑みつつ頷いて返す。幾らか恥じたような苦笑と共に、頼みごとが語られた。

「店の支度の一両ね。本当に儲かったら払うってことで、聞いてくだせえ」

明るかった弥兵衛の顔が、瞬時に曇った。曲がっていた腰が伸びる。

「は？　いえその。あたしの話、間違ってますか？」

すると向こうは、幾らか苛立ったような、嫌そうな目になった。

「正しいとか、間違ってるとかじゃなくてね。そのくれえは稼げるって話なんだから、聞いてもらったって罰は当たんねえでしょう。それとも何ですかい。必ず上手く行くってえのは、嘘なんですか」

どことなく刺々《とげとげ》しい。とにかく繕わなければと、弥兵衛は作り笑顔を貼り付けて、はにかんだように頭を搔いて見せた。

「あ、いえ。そういう訳じゃなく。ただ、店の者が別のとこにもお願いに回ってんですよ。そっちに、後払いで構わないって言ってないもんで。あたしの話と違ってちゃ、まずいでしょう」

向こうは「何だ」と肩の力を抜き、最前の笑みに戻った。

「じゃあ、そこらへん決めて来てくだせえな。後払いなら、うちは乗りますから」

「分かりました。明日また顔出しますんで」

ゆるりと頭を下げ直し、店を後にする。道行く人々をぼんやり眺め、弥兵衛はしかめ面になって「参ったな」と頭を掻いた。

水茶屋とは言え、店を構えるほどの身だろうに。あれほどの及び腰で商売になるのだろうか。

商いはどれも同じ、稼げるかどうかは立ち回りが全てである。店を出すのに銭が要るなら、先んじて儲けの見通しを立て、自ら決めるのが当たり前ではないか。やってみて思わしくなければ必要な銭も出さないなどと、そんな言い分は筋が通らない。誰もが自分の行く末を疑い、怯えているから、なのだろうか。

「仕方ない。ともあれ品川の様子を聞いてからだ」

日のあるうちに芝の店を全て回るつもりだったが、取り止めにした。今日は新蔵が日本橋の屋台を当たっており、喜助が品川の水茶屋を訪ねている。屋台はさて置き、喜助の方がどういう按配かは確かめておく必要があった。

*

作事場の明かり取りから夕暮れの日が差し込む。薄暗くなりかけた中、弥兵衛と喜助、新蔵は沈んだ顔を突き合わせた。右奥に少し離れている元太と京次も似たような気配だが、左脇の市兵衛だけはいつもと変わらぬ面持ちで星を乾かしている。

「どうします、旦那様」

新蔵の不安げな問いに、弥兵衛はただ唸るのみだった。

芝の水茶屋と同じで、喜助に任せた品川での談判も思わしくなかった。どの店も支度の一両を渋り、本当に儲かったら払うという声ばかりだという。

喜助が前屈みになり、腰を叩きながら眉根を寄せる。

「屋台も、どうしますかねえ。先に少し銭くれだなんて」

日本橋堺町、歌舞伎の町の屋台は新蔵に任せていた。かつて大工仕事で回っていた町なら顔見知りも多いだろうし、そうした面々となら新蔵でも談判になるのでは、と思ったからである。だが、両国まで屋台を引かせるなら手間賃くらい払うものだと言われ、やはり断られたそうだ。新蔵の気弱が仇になったのではないだろう。屋台の衆の言い分には、一応の理がある。

弥兵衛は俯き、力なく吐き出した。

「芝でも思ったんですが、商いの『当たり前』が通じなくなってんです。飢饉みたいな、自分じゃどうにもならないことがあって……誰か何とかしてくれって気持ちが、強くなっちまったんでしょうかね」

　三人して重い溜息をつく。すると、元太が苛立ったように吐き捨てた。

「意気地のねえ奴らだな。どいつもこいつも、てめえひとりじゃ何もできねえのかよ」

「だから束になって、打ち壊し！　なんて話になるんだろうぜ」

京次に混ぜ返されて、元太は「うるせえな」とばつが悪そうであった。喜助が「はは」と疲れた笑いを漏らした。

「そう言ってやんなよ。元太の言い分も、もっともじゃねえか。せっかくの話なのに、二の足を踏むなんてよ」

　これを皮切りに、他の皆も口々に繰言《くりごと》を漏らした。

そんなに恐いなら、店なんぞ畳んじまやいいんだ。江戸っ子の心意気ってのを、忘れちまったのかねえ。何をするにも気持ちが第一じゃねえか。皆で元気を出そうってのに、何で分からんかねえ――不平不満が撒き散らされてゆく。弥兵衛も始めは同じ気持ちだったが、聞いているうちに少し違う思いが生まれてきた。

「……どうして」

　悪口雑言の飛び交う中、小声で自問した。

どうしてなのだろう。鍵屋の皆は、こう言ってくれるのに。分かってくれるのに。なぜ、茶屋や屋台には通じないのだろう。西詰の店も同じだ。

　今のご時世が悪いからには違いあるまい。が、そのせいだとばかり思うのは、いささか手前勝手に過ぎる気もする。

　自分は、何か見落としていないか。

「茶屋も屋台も、しみったれたこと言いやがって。旦那はよう、世の中のためにやろうとしてんじゃねえか」

「ねえ旦那さん。もう、やめちまいましょうよ。何が正しいか分からねえ奴らなんて、勝手に野垂れ死にすりゃいいんだ」

　京次と元太が怒りのやり場を探している。弥兵衛は二人の言葉をゆっくり嚙み砕いた。

　世の中のために。京次の言うとおり、自分はそのつもりである。

　何が正しいか分からない奴らなど。元太の言うとおり、放って置いても良いはずだ。

　だが。

　正しいとは何だろう。

　世のためとは、いったい何なのだろう。

　分からなくなってきた。

　作事場の面々はまだ言い足りないらしく、あれこれの文句を繰り返している。

　うんざりしたように、市兵衛が「うるせえなあ」とぼやいた。

「おい元太。口動かしてる暇があったら、手ぇ動かせ」

「そうは言うけどねえ、父っつぁんよう。旦那さんは世のため人のため、正しいこと、しようとしてんですぜ。なのに誰も分からねえなんて、情けねえたあ思いやせんか」

「正しいとか何とかほざくならよ、おめえが何者か考えな。花火屋だろ。だったら夕飯の賄いまで、手ぇ動かして火薬作んのが正しいんじゃねえのかい」

　言われた元太はむっつりとした顔になり、そっぽを向いて「はいよ」と応じた。

「父っつぁんの仰るとおりでごぜえます。手ぇ動かすのが正しい。ええ、正しいですとも」

　いつものやり取りである。だが、そんな珍しくもない言葉が、弥兵衛の胸に深く刺さった。

「正しい……か。ねえ喜助さん。元太さんも。あたしは、本当に正しいんですかね」

　俯いたまま問うた。元太は「え」と言ったきり何も返せずにいる。

　弥兵衛は「おや」と何かを感じた。誰かの――左側にいる市兵衛の気配が変わっている。ここしばらく癇《かん》に障《さわ》る物腰が続いていたのだが、どうしたのだろう。

　そういう戸惑いを余所に、正面で背を丸める新蔵が、なよなよした声を寄越した。

「本当に正しいのかって、そんな。こないだの銀六さんと仙吉さんでしたっけ。あの二人と旦那様の話……あっし、目頭が熱くなって仕方なかったんですから。今さら、あれが間違いだったって言われたら、どうすりゃいいんです。同じ気持ちで茶屋の人たちも誘ってんでしょう？　だったら正しいに決まってますよ」

弥兵衛は俯いた顔を上げ、小さく笑みを浮かべて頷く。聞きたいのは、そういうことではなかった。

果たして自分は、本当に正しかったのか。

水茶屋も屋台の衆も、商いの何たるかを忘れている。人々の心が暗闇に押し込まれ、半年以上も上手く行かずにきたからだろう。鍵屋も他と同じ、去年の夏はろくに稼げず蓄えを吐き出し、切り詰めて切り詰めて、どうにかなっている格好だ。

それでも、自分は踏ん張ろうとしている。こんなご時世だからこそ、何を糞と歯を食い縛らねばならないのだ。父にそう育てられたし、努めてそう生きようと自らを戒めてきた。だから、それで当然だと思っていた。しかし――。

「河原の蒲公英《たんぽぽ》」

ぽつりと漏れた。船宿を回った後の大川端が、頭に蘇る。あの日、思ったではないか。お天道様の機嫌が直れば、野の草はまた花を咲かせる。だが、人はそう簡単ではないのだと。

「……そうだね」

誰もが気を塞いだままでは、世の中は良くならない。これは確かな話だ。ひとりひとりが「やってやる」の意気を持って、初めて全てが良い方に転がる。

しかし、だから自分と同じ心を持てと言って回るのは、違うのかも知れない。周りにいる皆、分かってくれる人ばかりを見て、そこを勘違いしていたのではあるまいか。

「正しい、か。そいつは……腹が立つだろうねえ」

「へえ？」

市兵衛が口を開いた。

横目に見れば、七十も近い頬が少しばかり緩んだかに見えた。

それによって、胸を包んだ霧が晴れたような気がする。参った。これぞ年の功だ。

市兵衛はこちらの苦笑をちらりと一瞥《いちべつ》し、それと分からぬくらいに頷くと、もそりと立ち上がって行灯に歩を進めた。

そうだ。自分は勘違いしていた。

このところ市兵衛の物言いに嫌気が差していた。しかし、ずっとそうだった訳ではない。水神祭で花火を上げよう、世の中を明るくしようと話した時には、他の面々と同じに奮い立っていたのだ。変わったのは、幕府から金が出ないと決まり、その分を皆から集めようと考えてからである。

両国橋西詰の店に金を出してくれと頼んだ。屋台を呼び、掘っ立て小屋を作って出店を募ろうとした。どちらも断られはしたが、間違いなく良案である。そして自分は正しかった。

しかし。花火屋なら手を動かすのが「正しい」と言われた時の元太を見て、やっと分かった。自分はいい気になっていた。良案を捻り出して、浮かれていたのだ。

何が正しいかは、きっと誰にも分かっているのだろう。とは言いつつ、踏ん切りを付けられるかどうかは人それぞれだ。同じでなど、あろうはずがない。自分が正しいからと言って、他人にも同じであれと押し付ける。それは、驕りだ。

「あたしは正しかった。でも、間違ってたんだ」

誰も口を開かない。弥兵衛はぐっと奥歯を嚙んだ。日が傾き、作事場は暗さを増している。左手の奥では、市兵衛がいつもどおりの顔で行灯に火を入れていた。

「あの、旦那様。あっし……どうしたらいいんです？」

新蔵が頼りなげに問う。不思議とおかしさが湧いてきた。

「ははは……。はははは、ははは！　あっはははははっ」

静かに漏れた笑いは、すぐに天を仰いでの大笑いに変わった。市兵衛を除いて皆が身を強張らせ、新蔵に至っては「うひぃ」と腰を抜かしている。

弥兵衛は笑いながら「すみませんね」と詫び、涙目の新蔵に向いて力強く言った。

「どうしたらも何もありません。やると決めたら、やるんです。明日も屋台回りですからね。それから小屋の方、材木の仕入れなんかも遅れないでくださいよ。こき使って申し訳ないけどさ」

そして、ひとりずつ顔を見た。

「あたしと喜助さんは茶屋回りだ。元太さんに京さん、火薬は山ほど要りますから、まだまだ作り増してもらいますよ。市兵衛さんも、たっぷり星を固めといてください」

市兵衛が、にやりと笑みを見せる。元太と京次は、狐に摘まれたように「へえ」と返した。

　喜助から、戸惑いがちな問いが向けられた。

「やる、ってのは構わねえんですがね。後払いだの手間賃だのは、どうすんです」

「聞いてやんなさい。当たり前でしょう」

　世に明るさを取り戻したい。そのために動こうと言うのなら、高みに立っていてはならないのだ。尻込みする者があれば、そこまで下りて行き、まず光明を見せねばならない。全ての人が自分と同じではないのだから。

「うちが全部被る羽目になるかも、ですぜ」

　市兵衛が釘を刺した。ただし、この上なく穏やかな声である。弥兵衛は「ええ」と眼差しに力を込めた。

「しくじれば鍵屋は傾くでしょうけどね。それでも、やるんです。言いだしっぺは、あたしなんだ。出店を頼む相手だけじゃない、うちも懸命でなけりゃ……でしょう？」

「まあ、そうでさあね」

　市兵衛の物腰に、もう嫌なものは見えない。安堵したような眼差しだけがある。弥兵衛は自らを恥じる笑みで応じた。

自分は天狗《てんぐ》になり、心意気を空回りさせていた。上手く行かない訳を真正面から説かれても、何を馬鹿なと聞く耳を持たなかったに違いない。

ゆえに市兵衛は、自ら気付かせようとしたのだ。自分の正しさを振りかざして金を出すように頼んでも、かえって疑いを植え付けるだけだ。俺たちを踏み台にして、鍵屋ばかりが手堅くやろうとしている——そう取られて当たり前だよ、と。

お陰で、恥ずべき思い違い、思い上がりだったのだと、ようやく分かった。

だから、改める気になれた。鍵屋こそ真っ先に身を切るのだと。

はっきり言って大博奕《おおばくち》である。良い目が出るとは限らない。だが、何かを成し遂げようと決めた時、楽な道などあり得ない。成すべきが大きければ大きいほど、道は細く険しいものだ。

「さて。そうと決まれば死ぬ気でやりますよ」

弥兵衛の目に恐れはなかった。身代を賭けた綱渡りだと、肚を括っていた。

五　一夜の夢

翌日からは喜助と手分けして、再び芝と品川を回った。日本橋と浅草の屋台は、新蔵に加えて市兵衛にも回ってもらっている。屋台には手間賃を二朱ずつ渡し、水茶屋には小屋の支度に使う一両の後払いを認めると決めた上であった。

また弥兵衛は、水茶屋回りの合間を縫って江戸市中を奔走した。

「これ、表に貼らせてもらっていいでしょうか」

表通りの辻々を訪ねて家主に頼み、水神祭の花火を知らせる散らしを貼り出す。さらに、誰もが気軽に手に取れるよう、諸々の店にも置いてもらうことにした。

数日もすると、散らしを手に話す人の姿がちらほら見え始めた。今日もそうした姿がある。京橋の飯屋に散らしを渡し、手持ちのものがなくなって、店に帰る道中であった。

弥兵衛は聞き耳を立てつつ、立ち話をする男二人の脇を通った。皆がどう思っているのかを知りたい。鍵屋の花火を楽しみにする、町衆の浮き立った気持ちを感じたい。その一心であった。

　ところが――。

「花火ねえ。まあ、悪かねえんだがな」

「だよなあ。祭の日じゃなくたってよ、大川に行きゃあ見られるもんだよな」

　だからどうした、という口ぶりである。当てが外れた思いがして、男たちに声をかけてみた。

「おう、おめえさん方。水神祭の話だね。花火、楽しみじゃねえのかい？」

　気の抜けた笑みで「まあな」と返ってきた。

「明るい花火って話だがなあ……遠目に見るんじゃ、大して違わねえ気がすらあ」

「そう、そう。一里向こうの行灯が見えねえのと一緒だよな。離れてちゃあ、明るさの違いなんぞ分かんねえよ」

　違う。少しばかり離れていても必ず分かるくらい、明るく強い花火なのだ。どうにかして、それを知ってもらえないものか。

「とは言うがよ、あの鍵屋だぜ。ものすげえの打ち上げたら、どうすんでえ。見逃したとあっちゃ、江戸っ子の名折れってもんじゃねえのかい？」

　深い笑みを浮かべ、江戸っ子の新しいもの好きを突いてみる。それでも二人は、半ば気だるそうに笑うのみであった。

「そんじゃ、あんたは見に行きゃいいさ。本当にすげえ花火なら人伝《ひとづて》に聞こえてくらあ」

「花火は夏の間、お大名が上げてくれるからな」

良いものを作ったのなら、必ずその新しい花火を大名に売り込むはずだ。だから、後から見に行っても十分なのだと言う。声を聞くほどに、弥兵衛が作った笑みは薄れていった。

「……皆、おめえさん方と同じに思ってんのかねえ」

「そりゃ分からねえさ。あんたみてえな奴ぁ他にもいるんじゃねえのかい？　まあ湿っぽい面すんねえ。そんなんじゃ、楽しみにしてる花火だって湿気っちまうぜ」

二人は「じゃあな」と残して去って行った。

弥兵衛の眉が、渋く寄った。

「明るいだけじゃあ、だめだってのか」

ぽつりと呟いた。本当に、明るいだけでは足りないのだろうか。今の男たちが捻くれ者で、他の町衆は違うのではあるまいか。

きっと、そうだ。そうに違いない。

いや。そうであって欲しい。弥兵衛は店に戻る道すがら、散らしを手にした人を見かけるたびに、同じように話をしてみた。

だが――。

十幾人の声を聞いたが、水神祭の花火を楽しみにしているのは二、三人しかいなかった。

あとの人々は、明るいだけの花火に胸が躍らないでいる。

「何てこった」

呆然と空を仰いだ。これも独り善がりだったのか。自分や鍵屋の職人たちは、花火を知り尽くしている。ゆえに、今までよりも明るい花火というだけで、大層なものができたと勘違いしていたのかも知れない。

だとすれば、今のままでは上手く行かない。花火で客を引けなければ、夜店に応じてくれた水茶屋や屋台をがっかりさせる。それでは、かえって人の気持ちを暗くしてしまうだろう。鍵屋の身代も、本当に潰してしまいかねない。

「何とか……どうにかしなけりゃ」

弥兵衛は往来に佇んだまま俯き、右の掌で額を押さえた。考えろ、何か思い付くことはないかと、必死で頭を働かせる。

しかし、何も浮かんではこなかった。焦りが生まれ、心がうろたえて、じわりと汗が滲む。

そこへ、不意に肩を叩かれた。

「おう鍵屋の。おめえ何やってんでえ」

驚いて後ろを向けば、潰れた土佐犬のような顔があった。岡っ引きの甚五郎だ。

「あ、こりゃ親分。どうも」

通り一遍の返事はするものの、心ここにあらずの体であった。今は甚五郎に関わり合ってなどいられない。とにかく帰って、店の皆と共に何か考えねば。

「あた――」

「まったく、道の真ん中で突っ立ってるなんぞ、おめえらしくもねえ」

あたしは、これで。そう言って去ろうとするも、先に口を開かれてしまった。面倒だが少し付き合わねばなるまいと、当たり障りのない言葉でお茶を濁そうとした。

「ちょいと、考えごとですよ。でも歩く人らの邪魔になっちまいましたね」

返答は、意外なものだった。

「邪魔になんぞ、なってねえよ。皆、足止めてんだから」

「は?」

訝しく思って辺りを見れば、確かに、全ての人が突っ立っていた。誰もが先の自分と同じように、空を眺めている。

「ほら。あれさ」

甚五郎が斜め上を指差す。従って目を向ければ、そこには摩訶不思議なものがあった。

「お、こりゃあ……」

ぽっかり浮かんだ空の雲が、七色に光っていた。虹と違って、各々の色がくっきり縞模様になっているのではない。雲の中に色が美しく入り乱れている。吉兆とされる「瑞雲《ずいうん》」

であった。

「いやあ、見事なもんだぜ」

甚五郎は愉快そうに、その雲を愛でていた。弥兵衛も思わず見入ってしまう。もっとも、眺めつつ思うのは花火のことばかりなのだが。

花火は橙の一色である。火薬に使う炭を変えれば少しばかり異なるが、わずかに赤みが増すくらいの違いでしかない。この雲のように色とりどりの花火があれば、必ず人を集められるのに。

「話にゃ聞いてたけどよ、見たのは初めてだ。皆が立ち止まってんのも、こんな雲なんぞ見たためしがねえからだろうぜ」

甚五郎は、うっとりした声である。顔に似合わぬ声音を耳に、弥兵衛は軽く目を見開いた。

何だろう。とても大事なことを聞いた気がする。花火でこの雲の色は出せない。だが出せないまでも、何かしら——。

「ああいうの、切り取って持って帰れたらいいのになあ。でっけえ掛け軸にして、遠くからでも見られるようにしてよ」

「え？」

かちり、と頭の中で何かが填《は》まった。もやもやしたものが、少しずつ形を持ってゆく。

「まあ遠くから見えたって、狭っ苦しい俺の家じゃ糞の役にも立たねえか。大川くれえ広けりゃ話は別なんだろうがな」

また、かちりと填まる。胸の内に、しっかりとした形ができた。

「親分。そいつだ……。そうだ！　そいつなんですよ！」

弥兵衛は飛び出さんばかりに目を見開き、甚五郎に向き直った。

「誰も見たことがないもの、でっかく大川に飾るものなんですよ！　もう一遍見せてくれって言われても、おいそれとできやしないものなんだ」

「は？　あ？　何だ？」

「ありがとうございます」

呆気に取られた土佐犬面に会釈して、弾かれるように駆け出した。

急げ。今は三月の頭だ。水神祭まで、あと三ヵ月足らず。少しの時でさえ無駄にはできない。

「もし、いらっしゃいますか」

狭い路地を入り、むさ苦しい長屋の引き戸を叩く。小刻みに幾度も叩いて、なお声を上げた。

「鍵屋です。もし！」

すると中から「え？」と驚いた声が返り、がたがたと戸が開けられた。

「ありゃ、本当に鍵屋の旦那じゃねえですか」

顔を出したのは、あの馬面――仙吉であった。

「どうしたんです、そんなに慌てて」

狭い土間を上がった四畳半には彫り物をする銀六があり、鳩が豆鉄砲でも食らったような顔を見せている。弥兵衛はごくりと唾を呑み込み、乱れた息のまま深々と頭を下げた。

「銀六さんに仙吉さん。あたしを手伝っちゃくれませんか」

*

鍵屋の作事場が、薄ぼんやりと行灯に照らされている。いつも元太が使っている薬研台には皆が輪を作っており、弥兵衛はその真ん中で、台の上の紙に筆を走らせた。

「……こう、こう、こうだ。よし」

そして正面の銀六に向く。

「こういうの、作りたいんですよ」

銀六は腕組みで首を捻り、弥兵衛が描いた大雑把な絵を眺め下ろした。

「外のは、枠ですかい」

「ええ。材木で、でっかい木枠を作るんですよ。中にあるのは、見たとおり花ですね」

「ええと……俺は、その花の縁取りを彫ればいいんで？」

弥兵衛は大きく頷いた。

「材木の板から彫り出してもらって、炭に焼きます。で、この枠に塡め込む」

皆は今ひとつ、ぴん、と来ないようである。京次が鼻を穿《ほじ》りながら「なあ」と問うた。

「何なんでえ、こりゃ。鍵屋は花火屋やめて、炭屋にでもなるってえのかい」

市兵衛が「ふは」と笑った。

「まあ京の字は知らねえだろうなあ。こいつはよ、仕掛け花火ってんだ」

「さすが市兵衛さんだ」

弥兵衛は満足して顔を上気させ、仕掛け花火の何たるかを説いて聞かせた。

筒花火のように火柱を立てるもの、流れ星のように空高く打ち上げるものと違い、仕掛け花火は火薬を燃やして作る炎の絵である。日本で最初の仕掛け花火は、紅毛人《こうもうじん》が織田信長に披露したものだという。

「あたしも親父から聞いただけなんですがね。信長公の時のは、火薬を織り込んだ紐……今で言う親導みたいなもので絵を作ったそうです」

「そいつを炭でやるってのは、訳があるんですかい」

左から問うた元太に、弥兵衛は「もちろんです」と応じた。

「実は、今日ね」

水神祭の花火について町衆がどう思っていたか、芳しくない評判を語って聞かせた。京次が不満げな顔を、新蔵が驚いた顔を見せた。市兵衛と喜助、元太は痛恨を滲ませている。弥兵衛は苦笑いを浮かべた。

「あたしらは、なまじ花火を知ってるからね。明るいのができただけで喜んじまった。けど町衆を引っ張るには弱い。こういうのなら、祭の晩にしか見られないでしょう。見に行かなきゃって思わせるのも大事だったんだ」

「散らしも作り直しでさあね」

こちらと同じような苦笑で、市兵衛が言う。弥兵衛は「ええ」と溜息をついた。

「明日、瓦版屋に行って摺り直してもらいますよ。すまないが、これまでに配ったやつは、皆で手分けして引き上げてください」

元太が「よし来た」と腕を捲り、京次が「はいよ」と面倒そうに言う。喜助も、市兵衛の手も借りねばならない。

しかし新蔵だけが「はい」と返事をせず、心細げに「あの」と手を上げた。

「旦那様。この仕掛けってえの、どのくらいの大きさにするんです」

元々が大工だけあって、見るところが違う。仕掛けを彫るのは銀六でも、外の木枠は自分の仕事と分かっているのだ。

弥兵衛は「ええと」と唸り、右手の人差し指で幾度もこめかみを叩いた。

「橋の上から見て、ちっぽけなものって思われないくらいでないと。縦が三間、横は……六間も欲しいところですね」

これを聞いて、仙吉が、ぽかんとした顔を見せた。

「ねえ旦那。それ、どんな大きさなんですかい」

答えたのは市兵衛であった。

「おめえの四畳半が八つも入るくれえだな」

「えええ？　そりゃ、まるっきり長屋ひとつじゃねえですか」

皆が呆気に取られて黙り込んだ。新蔵は、枠を作る材木をどう扱えば良いのか、途方に暮れているようだ。元太は、作らねばならない火薬の量を思って軽く身震いしている。

銀六だけは、違った。

「……なるほど。面白え」

作るべき花の縁取りは七つ。ひとつ彫り出すのに何枚の板を使わねばならないかは、弥兵衛にも見当が付かないほどだ。断られたら別のものを考えるつもりでいた。

「炭焼きと組み立てもありますから、彫りに使えるのは二ヵ月くらいしかありません。お願いできますか」

それでも銀六は、どん、と胸を叩いた。

「やりますさあ。こんな大仕事、任せてくれるなんてね。男冥利に尽きるってもんです」

男ぶりの良い銀六の面立ちが、戦う顔になった。やると言った以上、やり遂げる。間に合わないかも知れないものを、必ず間に合わせる。それが職人の誇りだと言わんばかりに。

「おめえさんに、そんな顔されちゃあな。おいらも、やらねえ訳にゃいかねえや」

元太が「よし」と気を張った。京次も「やれやれ」と苦笑して、早速、鉄を削りに掛かる。皆の心に火が点いたと見て、弥兵衛は「それじゃ」と右手を握り固めた。

「水神祭まで、よろしく頼み――」

「ちょっと待った、旦那」

気勢を上げようとして拳を持ち上げたのに、仙吉が腰を折る。がくりと眉尻が下がった。

「何です」

「大仕掛けは分かったんですがね。おいらは何したらいいんですかい」

「ああ、それなら心配ご無用。あなたにしかできない仕事があるんですよ」

仙吉は嬉しそうに「へえ」と返し、ざっと皆を見回した。

「なら気ぃ張って行きましょうや」

そして、ひとりで「よっしゃ」「やるぜえ」と叫び、自身に景気付けをしていた。他の面々は呆れ顔で、ざわざわと笑っていた。

＊

新しい散らしを手に、弥兵衛は江戸中を回った。あれこれの店に置いたものを差し換え、町角の散らしも貼り直している。

その散らしには、太い文字で大見出しが躍っていた。

「おい、あれ見たかい。鍵屋のさ」

「おう見た見た。一夜限りの大仕掛けってやつだろ」

誰も見たことのない花火。一度しかできない大掛かりな花火。散らしを改めた途端、仕掛け花火というものを知らない町衆は、これに食い付いた。

「あと二ヵ月か」

浮き立つ気持ちで話す人々を眺め、弥兵衛は頬を引き締めた。水神祭の花火は一躍評判となったが、それだけに、しくじってはならない。鍵屋の皆なら必ず間に合わせてくれる。きっと成し遂げてくれる。信じて任せつつ、弥兵衛にはまた別の役目があった。

大仕掛け花火が噂になると、多くの店が夜店に応じてくれるようになった。今は三月末、この一ヵ月で水茶屋や料理屋、果ては矢場——弓矢の的当てをする遊び場に加え、金魚売り、朝顔売りに至るまで、出店の約束は三十を超えている。屋台の数も七十に届こうかという勢いだった。この分なら西詰の皆も良い顔をしてくれるだろうと、弥兵衛は改めて顔馴染みの店を回った。

「――という訳なんですよ。ですから、どうです。乗っちゃみませんか」

　飯屋「いさな亭」は両国橋に最も近い。まずここからと、仕込みの最中を訪れていた。相手の主人も町の噂を聞き付け、また散らしを目にしていたのだろう。手を休めて客席まで足を運び、話を聞いてくれた。

「ほう、そりゃ凄え。で……うちらは幾ら出しゃいいんです」

　弥兵衛は「それなんですが」と、はにかんだ笑みで頭を下げた。

「こないだは不躾《ぶしつけ》なお願いをして申し訳ありませんでした。西詰の皆さんも他と同じで、祭の夜の儲けから三割だけ回してもらえたらって、思ってんですが」

「よし！　それなら乗った」

　二つ返事である。自分が思い違いをしていた頃では考えられないことであった。驕りを正してくれた市兵衛には、いくら感謝しても足りない。

「ありがとうございます。前には『あたしらで』って言いましたが、今度は違いますよ。江戸中の町人で、世の中の憂さをぶっ飛ばしてやりましょう」

　恵比須顔を見せると、しかし店主は少し難しい顔になった。

「さすがは鍵屋さん……ってとこですけどね。初めは二百両って話でしたけど、そこまでやるなら、もっと使うんでしょう」

「ん……まあ、そうですね。散らしやら掘っ立て小屋やらで六、七十両くらいかな。花火も、すごいのをやるようにしましたから、そこまで入れたら四百両ってとこです」

「うわ。足が出たらどうすんです」

明らかな心配顔に向けて、弥兵衛は大いに胸を張った。ここで弱気を見せては、せっかく相手の心に灯った火が消えてしまう。

「かも知れないんですがね。旗振ろうって奴が尻込みしてたら、それこそ皆の腰が引けちまうでしょ。必ずやってやる、って気でいますよ」

「違えねえや」

店主は「うん、うん」と頷いて素直な笑みに戻った。かつて頼みに来た時は頑なにさせてしまったが、今日はそういう気配が微塵もなかった。

無理のない談判は話も早い。西詰を全て回っても、昼から夕方まで片が付いた。無論、どの店も快く応じてくれた。最後に回った船宿・旭屋——前の時も最後だった——に至っては、出店や屋台が差し出すべき金を、鍵屋に代わって集めてやるとまで言ってくれた。西詰の衆で手分けすれば大した手間ではないからと。

力を合わせようという流れが、生まれ始めている。確かな手応えと共に旭屋を出ると、夕日はもう町の向こうに隠れかけていて、空を茜に染めていた。

「さて、ここからがまた忙しい」

次は皆の仕事を見て、遅れないよう促さねばならない。弥兵衛は急いで店に戻った。

引き戸を開けて入れば、作事場には銀六ひとりだった。元太は火薬に使う竹炭を、京次も鉄削りのために鋳物の鉄瓶を買い付けに出ている。

銀六は一心不乱に木を彫っていた。仕事に熱が入るあまり、店主が帰ったことにも気付いていない。細い丸鑿《まるのみ》を木槌で丁寧に叩き、三寸（約十センチメートル）もある分厚い板の中に、美しい彫りの線を削り出している。

少し眺めていると、銀六は「ようし」と呟いた。ちょうどお終いのところだったようだ。今までの鑿から先の大きい平鑿に持ち換えて、削り込んだ外枠に沿って鑿の角を二度、三度と押し始めた。やがて彫った形が綺麗に切り抜かれ、板から外れた。

「いい按配ですね」

声をかけると、銀六は軽く身を揺すってこちらを見た。

「うわ驚《おどれ》えた！　あ、いや。お帰んなせえ」

切り抜かれた彫り物を見れば、横向きに伸びた線の右端から左下へと斜めに続く形、線の太さは人の足首ほどであった。横向きのところは大人の足許から腰くらいまでの長さがあり、不揃いに波打っている。穏やかでありながら艶《なまめ》かしい趣のある佇まいだった。斜め下に向いた線は、横向きの部分よりもう少し長く、素直で綺麗な勢いがあった。

「一番大きなやつの、花びらの右上のとこですね。大したもんだ」

銀六は「いえ」と照れ臭そうに口元を緩めた。

「大小合わせて花を七つですからね。まだ四半分しかできちゃいませんや。けど細けえ模様を彫らなくていいだけ楽ってもんでさあ。あとは、こいつを炭に焼いた時にどうなるか……ですが」

木彫りの線で花の形を作り、炭に焼く。口で言うのは容易いが、彫り物はどうしても木目の流れが断たれる場所ができる。そういう部分を炭にした時、欠けたり捻れたりしてはならない。一度で仕上がるという裏付けなど、どこにもなかった。

弥兵衛は「よし」と手を打った。

「そろそろ試しに、焼きに出しましょう。上手く行くといいんですがね」

「合点でさあ。何度しくじっても、きっとやって見せますぜ」

銀六は左手を結んで開いて、幾度か繰り返しながら立ち上がった。手の動きは、鑿を握り続けた疲れを解しているのだろう。歩を進めながらそれを続け、店と家を繋ぐ廊下の奥へと歩いて行く。弥兵衛も後に付いて進んだ。

廊下を抜けた先の庭、火薬蔵の前には堆《うずたか》く積み上げられた材木があった。銀六の彫り物には畳の大きさの板を使う。板は人並みの背丈より少し高いくらいに積み上がり、四つの山を作っていた。脇には家を建てるのに使う材木が十数本、蔵の壁に立て掛けてある。

新蔵が、そのうち一本を前後二つの台に乗せ、鉋《かんな》を使っているところだった。

「新さん、すまねえ。一枚持ってくから、ちと退いてくんな」

「あ、こりゃどうも。邪魔してすみません」

飛び退いた新蔵を見て、銀六は「おいおい」と苦笑した。

「あんた本当に気が小せえんだな。邪魔してんのは俺の方じゃねえか。さっさと持ってけ、この唐変木！　くれえ言えなきゃ、大工なんぞやってらんねえだろ」

「まあ……ね。だから、ここにいるんですよ」

口を尖らせつつも、どこか嬉しそうである。弥兵衛は新蔵に声をかけた。

「どのくらいで仕上がりそうです」

「ああ旦那様。あっし、仕事だけなら胸張れますんで。このくれえの枠組みなら、二、三日で上がりますよ。今日は鉋だけですけどね」

弥兵衛は「そうですか」と笑みを向けた。

「それが終わったら仙吉《せんき》っつぁんのための土台と、出店の小屋ですよ」

下がり眉と垂れ目をさらに下げ、新蔵が「へえ」と頷く。脇では銀六が「よっこらしょ」と板を担ぎ下ろしていた。

差し障りなく進んでいるのを確かめると、自らの部屋に入り、戸棚の脇に置かれた煙草盆を引き寄せた。日々歩き詰めのせいか、少しばかり足の裏が痛む。煙管《キセル》で一服しながら、左手の拳で土踏まずを叩いた。

日が落ちると皆が戻り、揃って夕餉を取る。相変わらず粗末な飯だったが、近頃では膳の席も和気藹々《あいあい》という風であった。

＊

忙しく過ごしているせいか、毎日あっという間に夜を迎えてしまう。明日に備えて早く休まねばと、弥兵衛は家の最も奥、台所の手前にある六畳の寝屋に入った。寝巻姿の佐代が、ちょうど蒲団を敷き終えたところだった。

「今日もご苦労さんだったね」

声をかけると、佐代は「はい」と微笑んだ。が、活き活きとした職人たちと違い、どことなく重たいものを湛えたような顔である。弥兵衛は蒲団の上に寝転がり、右隣の蒲団に座った佐代に声をかけた。

「ねえ、お佐代。ここんとこ疲れてんじゃないかい。新蔵さんに色々やらせて、家のこと、おまえに任せきりだからなあ」

佐代は「いいえ」と答えつつ、自らの膝元に眼差しを泳がせた。

「新さんが来るまで、ひとりでやってたんですよ」

「でも人が増えた。台所の銭だって苦しいだろう」

「そっちは、おまえさんから渡してもらった分で何とかしますよ。銀さんと仙吉っつぁんが増えた分、上乗せもしてくれたし」

　幾らか頼りなげな声で言い、佐代は枕元の灯明を吹き消した。どうにも収まりの悪いものを覚えながら、弥兵衛は「そうかい」と返して目を瞑った。

　近頃は江戸中を飛び回っていて、夜になると疲れを覚える日が多い。今夜もすぐに、うつらうつらし始めた。

「お佐代？」

と、現《うつつ》に引き戻される。胸に暖かいものが当てられていた。小ぶりな手だ。

　佐代の指が、こちらの肉を摑むように軽く曲がった。

「ねえ、おまえさん」

「いや……今は子作りどころじゃないんだよ。すまないが」

　返答はない。代わりに、胸に乗せられた手が小刻みに震え始めた。

どうしたのか。自らの左手を佐代の手に重ねる。耳元に、蚊《か》の鳴くような声が届いた。

「恐いんです」

　そして佐代は、ここしばらく抱え込んできた憂いを吐き出し始めた。

「お上からお足を出してもらうって聞いた時は、何とかなりそうに思えたけど……。それがだめになったのに、こんなに大それたこと、大丈夫なんですか。あんなに材木買って……花火の支度だけならまだしも、小屋を作る時には、もっとたくさん仕入れるそうじゃないですか」

不安に思って当然だろう。新しい花火を作るには、それだけで大金を使う。去年の商売が著しく振るわなかった中で色々と試し、しかも水神祭に向けて今までと全く違う試みをしているのだ。

「台所は、あたしの切り盛りです。けど鍵屋の商売は、おまえさんが見ているでしょう。今みたいなこと続けてたら、本当に店が傾くんじゃないかって、気が気じゃなくて」

教えて欲しい。六代続いた鍵屋は次の代を迎えられるのか。佐代の憂いが、掌から胸へと伝わって来る。十、二十——もう少し数える間、弥兵衛は黙ってあれこれを考えた。

そして、口を開いた。

「世の中……これで明るくなるはずなんだ。そうなりゃ、うちの商売も上向きになる」

佐代の右手が震えを増した。

「上手く行くんですか。二千人も集めるって話ですけど、もしそんなに集まらなかったら、どうなっちゃうんです」

「花火については、きっと本当に胸を張れるものになる。でも……人集めについては、分からない。こういうのは初めてだからね」

二十、三十。今度は佐代が黙る。弥兵衛は妻がまた口を開くまで、何も言わずに待った。
「世の中を励ます、明るくするって。それ、うちがやらなきゃいけないんですか」

重い問いであった。弥兵衛は深く息を吸い込み、長く鼻から抜いた。

もし十分に客を集められなかったら。或いは集めたところで、夜店に銭を落とさなかったら。その時、鍵屋は持ち出しばかりになる。

正直なところ、自分でもそれを危ぶんではいるのだ。佐代も同じなのだろう。商売について細かく知る訳ではない身だが、仮にも御用商人の妻である。門前の小僧のようなものだ。

「皆には言ったよ。鍵屋は傾くかも知れないって。でも、ああして懸命になってくれている」

「あたしが恐いのは、そこじゃないの。おまえさんが……六代目が馬鹿なことをして店を潰したなんて言われたら、かわいそうで。気の毒で。身を切ってまで、どうしてやるんです」

取り越し苦労だと、言ってやれたら良いのだが。それでも弥兵衛の胸から「何糞」の負けん気は消えなかった。

「うちがやることなのかって言ったね。おまえにも話したろう。あたしは、花火が人の心を照らせるって思ってんだ。でも」

夫婦になって七年目、自分は三十一を、佐代は二十三を数えた。同じような毎日を過ごす中、互いの情がきちんと向き合っているか確かめるのも稀になっている。夫を案じる妻の思いを聞いて、慕われているという幸福、久しぶりの喜びが胸に染みた。

それによって悟った。なぜ自分が、こんなことをしているのかを。

「やらなきゃいけないって、それだけじゃないんだよ。やりたい。やりたいんだ」

佐代の手を握る自らの左手に力を込めた。

「人は食うだけで生きてんじゃない。楽しみがないと、さ。初めて親父の仕事を見た晩に、あたしはそう思った。その思いはね……おまえと初めて会った日に、また変わったんだ」

「初めて会った……。あの日の朝」

知り合ったのは九年前、自分が二十二、佐代が十四の時である。七月のある晩、父に従って川遊びの船に花火を売り込んだ、その翌朝だった。

「おまえは橋の上で花火を見て、うちに礼を言いに来た。鍵屋の花火で大勢の人が喜んでくれるけどさ、礼まで言いに来たのなんて、おまえの他にいなかった」

佐代は簪《かんざし》や櫛《くし》などを商う飾り細工屋の末娘だった。然して大きな店ではなかったが、日々の暮らしに苦労するような家ではなく、三人いる娘たちが各々猫を飼うくらいのゆとりはあった。

「おまえの猫が死んだんだったね。で、悲しい思いをして……だけど花火を見て、こんなんじゃいけないって思ってくれた」

花火は、ほんのわずかの時で消えてしまうものだ。しかし、その美しさは胸に残る。十年を生きた猫の、小さな命も同じ。共に過ごした幸せな時は消えない。それを花火から教えてもらったと、清らかな涙で頭を下げたのを覚えている。

「花火の一発は、人の沈んだ気持ちを変えられる……そう思ってきたのは間違いじゃなかったって、おまえに教えてもらった。嬉しかったんだよ。だからさ。今度のも、やりたいんだ。世の中が、辛い、苦しいって泣いてんだ。笑って欲しいじゃないか」

「……ずるい」

揺れる声をひとつ。佐代は静かにしゃくり上げながら、小刻みに身を揺すった。先までの震えとは違っていた。

弥兵衛は身を横たえたまま右を向き、妻の頭を胸に抱いた。

「それにね。打ち壊しの……元太さんのあれで、あたしの思いはもうひとつ変わった。お道っちゃんを……助けてやれなかった。やるだけやったんだって、元太さんに胸を張らせてやれなかった。だから」

花火で人の心を照らす――それは、何があっても譲れないものになってしまった。今度ばかりはどうしても退けない。

「もし鍵屋を潰しちまったら、その時ゃ一からやり直すまでだ。なあに、初代だって裸一貫で始めたんじゃないか。六代目には無理だなんて、そんな道理はないだろう」

「……分かりました。あたしは、一蓮托生のつもりで嫁に来たんだから」

「ありがとう。お佐代」

胸の中の息遣いが、次第に落ち着きを取り戻してゆく。

しばしの後、それは寝息になった。

「けどさ」

しくじると決まった話ではない。西詰でも言ったが、自分が先に立って旗を振っているのだ。必ず成し遂げると、強い心を持とう。そういう気持ちがなければ、成るはずのものも消し飛んでしまう。

「花火にゃあ、力があるんだ」

自らに言い聞かせるように呟き、妻の頰をさらりと撫でた。佐代が「ん」と小さく声を出す。眠ったままで「はい」と返事をしたように思えた。

六　男たちの意地

四月も二十五日を迎え、水神祭まであと一ヵ月となっている。弥兵衛は今日も散らしを配り、それが終わると火薬問屋に赴いて買い付けをした。

ひととおりを済ませても、真っすぐ店には戻らない。足早に向かう先は両国橋の袂——両国広小路であった。ここの火避地は特に大きく取られていて、すぐ南にある米沢町《よねざわちょう》の一丁目から三丁目までと同じくらいある。四畳半が七つ八つと連なった長屋なら、十二、三も入ろうかという広さであった。

「おや鍵屋さん、様子見ですか。いよいよ今日からですね」

広小路に着くと十幾人が集まっていた。芝や品川で水茶屋を営む主人や、近所の野次馬たちである。掘っ立て小屋の組み立てが始まると聞いて、どんなものかと見物に来たらしい。

弥兵衛は「どうも」と笑顔で頭を下げた。

「お。来た来た」

昼も過ぎてずいぶん暑さを増した中、新蔵以下、小屋作りに雇った六人の鳶職人が材木を運んで来る。人の腕ほどある丸太であった。運んでは広小路に下ろし、また次を運び、長いのと短いのを取り混ぜて百本ほどが積み上がった。

「じゃあ皆さん、頼みますよ。そうれ」

弥兵衛が眺める先で、新蔵がへろへろした声を出す。鳶たちから「おいおい」と物言いが付いた。

「そんなんで力なんぞ出るもんけえ。誰か替われよ」

「じゃあ俺が。そう、れ！」

掛け声に合わせて、三人の手で長い方の丸太が立てられた。別の二人が短い方を運び、足のところへ横に宛がう。残る一人が押さえている間に、新蔵が二本を荒縄で縛り上げた。前に「仕事の腕だけなら胸を張れる」と言っていたとおり、丸太の端と端を十文字に組み上げる手は実に確かで、そして素早かった。

同じ手順を繰り返して長四角の枠を二つ作り、さらにその二つに短い丸太を渡して縛り上げる。丸太は縦長の箱形に組み上がった。

「よう。こんなんで、いいのけえ？」

集めた鳶のひとりが問う。見遣る先で、新蔵が「ええ」と上の方を指差した。

「一番上に釘打って、屋根と壁の代わりに葦簾《よしず》を引っ掛けりゃいいんですよ。ひとつ作ってみましょう」

柱となった丸太四本、人の背丈二つ分の高さを、鳶たちがするする登る。天辺《てっぺん》の四隅に釘を打って葦簾を渡せば屋根になった。同じ釘に別の簾《すだれ》を引っ掛け、下に垂らせば壁である。出入り口と地面を除いた場所が覆われると、何とも粗末ではあるが小屋の体裁になった。大方の長屋と同じ、四畳半ひと間と言った広さである。

「へえ。やるじゃないですか、新蔵さん」

弥兵衛は仕上がった小屋に近付いて声をかけた。新蔵が「あ」と顔を綻ばせる。

「こりゃあ旦那様。散らし、終わったんですかい」

「ええ。様子も見なきゃいけませんし。それに、そろそろ……でしょうから」

答えて、ちらりと左に顔を向ける。

「ほらね」

広小路から北側に少し入ったところ、橋番所から岡っ引きが小走りに出て来た。今日の当番は吉原辺りを取り締まる、三ノ輪の勘介《かんすけ》親分であった。

「おいおい鍵屋の。さっきから黙って見てりゃ、こりゃ何の騒ぎだい」

弥兵衛は「はい」とにこやかに応じた。

「上様の水神祭で、西詰に夜店のお許しが出たでしょう。余所からも店を出してもらえることになりましたんで、その支度です」

「おお？　ああ。夜店のお許しは聞いてるが……そりゃ元々西詰にある店だけじゃねえのかい」

「はて。あたしは逆に、他から店が出ちゃいけないとは聞いてないんですが」

事実、そのとおりである。何食わぬ顔で返すと、勘介は弱ったように眉根を寄せた。

「……まあ、おいらも細かくは知らねえけどさ」

どうしたものかと唸り、腕組みで首を捻りながら番所に戻って行く。それを見て水茶屋のひとりが「はは」と笑い声を上げた。

「さすが鍵屋さん、御用達は伊達じゃねえや。とっくに話は通してあるって訳でさあね」

「いいえ。まだ話なんか通っちゃいませんよ」

火避地は火事の広がりを防ぐため、敢えて空けたはずの場所である。そこに何か建てるなど、まともに話したところで取り合ってもらえないだろう。

「まあでも、何とかなるはずです。お上だって馬鹿じゃありませんから」

そう言うと、相手は呆気に取られた顔だった。話す傍ら、橋番所から勘介の下っ引きらしき男が駆け出した。こちらをちらりと睨んで、大川沿いの道を南へ走って行く。

「さあさあ新蔵さん。今日中に、あと四つ五つ組み上げちまいましょう」

新蔵と鳶たちは「へえ」「よし来た」と、次の小屋を組み立てに掛かった。

夜店には水茶屋と料理屋だけで二十五軒が集まる。四畳半の小屋はその数だけ作らねばならない。金魚売りや朝顔売り、青物売りなどは、六畳の小屋を作り、ひとつの小屋を二軒で使ってもらう形であった。また、矢場が一軒店を出すから、そこは大物の小屋を建てる必要がある。丸太の仕入れも組み立ても、先は長い。

日差しが少し黄色みを増した頃になると、あと三つの小屋が仕上がった。集まっていた茶屋の主人たちも、いつまでも店を人任せにしてはいられないと言い、ぽつぽつ帰り始める。

そこへ――。

「おい鍵屋!　おめえ、何してやがんでえ」

泡を食って駆け込んだのは平田左近であった。いかつい顔が青ざめ、額に汗を浮かせている。それを羽織の袖で荒く拭い、弾む息で捲し立てた。

「奉行所から報せがあって、俺ぁ若年寄様と火盗《かとう》から大目玉だ。夜店の支度ったって、火避地にこんなのを認めるなんて言った覚えはねえぞ」

若年寄は、平田たち旗本の差配をする他に、火付盗賊改方《ひつけとうぞくあらためかた》の統制も任されている。火事を広げる元となりかねないものを建てていると知らされ、奉行所から火盗へ、火盗から若年寄へと話が上がり、狼煙方として鍵屋を督する平田が責められたという話だった。

弥兵衛は口を真一文字に結び、深々と頭を下げた。

「お怒りはごもっとも」

そして、肚を据えて顔を上げた。

「ですが、お上は夜店をお許しになられたんです。西詰にゃ店も少なく、水神祭に人を集めたところで大掛かりなことはできません。それに今は江戸中が悄気《しょげ》てんですよ。両国だけじゃ足りない、あちこちの店が『よし』って思ってくれなきゃ、どうにもならないじゃありませんか」

平田は目を吊り上げて歯軋《はぎし》りし、腹の底から「やかましい」と大喝した。

「偉そうに何ほざいてやがる！　そういうのは、ご老中や上様がお考えになるこった。おめえは御用達にゃ違えねえが、所詮は商人だろうが。出過ぎた真似してんじゃねえ」

「下々が自分から動かなけりゃ、世の中いい方にゃ向かいません」

なお口答えすると、平田は渋面で二度頷き、心底嫌そうに吐き捨てた。

「んなこたあ分かってらあ。俺ぁそういうこと言ってんじゃねえ。火事になったらどうすんだって訊いてんだよ」

「だから掘っ立て小屋なんですよ。火事が起きたって楽に壊せる。祭が終わった後も、すぐに片付けられるでしょう」

一歩も退かない弥兵衛の姿に、まだ残っていた水茶屋の衆や野次馬たちが「そうだ、そうだ」と一斉に声を上げた。

「上様の祭だろうが、祭にゃ違えねえだろが」

「おうともよ。祭に口出すなんざ、とんだ野暮天だぜ」

「鍵屋さんはな、俺たちのためにやってくれてんだ。お上は何をしたってんでえ」

「下々が苦しんでんのに、米のひと粒も寄越さなかったじゃねえか」

「儲けられるようになんて、してくれなかったろうが」

「やめろってんなら、てめえらが何かしたらどうなんでえ」

「金は出さずに口だけ出す気かい。無粋もいいとこだぜ」

　寸時に熱くなり、この上なく喧嘩っ早い。江戸っ子の気性を逆撫でしたと悟って、平田はやや気圧されたように口籠もっている。そうと知った町衆は勢いに乗り、手に手に石を拾って投げ始めた。帰れ、失せろと怒号が飛ぶ。

「てめえら……。おい鍵屋、どうなっても俺は知らんからな。首洗って待ってやがれ」

　平田が悔しそうに睨み付けてきた。弥兵衛はもう一度、丁寧に頭を下げた。

「水神祭の晩だけなんです。どうかお目零しを。終わったら、首でも何でも差し出しますから。それに、もしかしたら――」

「待て！　待て待て」

　もしかしたら。その言葉の続きは、別の叫びに呑み込まれた。大声に続いて馬蹄《ばてい》の音が近付いて来る。

これは、と思って顔を上げれば、身なりの良い侍が手綱だけの裸馬で馳せ寄っていた。鞍《くら》を置く間も惜しんで駆け付けたようだ。

「どう、どう」

侍は手綱を引き絞って馬の口を上に向けた。馬が嘶《いなな》きを上げ、棹立ちになって止まる。鞍も鐙《あぶみ》もないとあって、侍は転げ落ちるようにして地に下りた。

「平田、ご苦労だった」

「これは大膳《だいぜん》様」

平田が威儀を正して一礼する。そして弥兵衛以下の町衆に向いて胸を張った。

「者共、控えい！　ここにおわすは若年寄・太田《おおた》備前守《びぜんのかみ》様がご家老、太田大膳様なるぞ。此度《こたび》の不始末、きっと厳しき沙汰が下ると心得よ」

厳しき沙汰とは江戸払いか遠島か、はたまた打ち首か。怒りに任せて喚き散らしていた町人たちが色を失った。

だが太田大膳は、幾らか困惑した顔であった。

「いや平田。少し待て」

「いえいえ、待つまでもござらん。引っ捕らえよとお命じあらば、すぐにでも」

「だから待てと申すに。そうではない」

面倒そうに言って咳払いひとつ、釈然としない胸の内も顕《あら》わに弥兵衛を向く。

「其方《そのほう》が鍵屋か。火避地の一件、上様からお許しが出た。ただし！　祭の晩まで、毎夜必ず見張りを付けて火事に備えるべし。以上である」

　しばし、両国広小路がしんと静まった。然る後に。

「いやったあ！」

「上様、粋だねえ」

「そう来なくちゃ」

　一気に歓喜の渦が巻く。先までとは逆の喧騒の中、太田は忌々しそうに大きく溜息をついた。

「平田、帰るぞ」

「……はっ」

　平田は太田の身を馬の背に押し上げ、轡《くつわ》を取った。そして弥兵衛の脇を過ぎるに当たり、馬上に「しばらく」と断って足を止める。

「おい鍵屋。さっき『もしかしたら』って言ったな。おめえさん……箱、使ったのか」

「ええ、まあ」

　箱――江戸城辰ノ口《たつのくち》、評定所前に置かれた目安箱である。この箱には身分の上下を問わず、誰でも将軍への陳情を記して投じ、直訴することができた。

　平田は呆れたように、じろりと睨んだ。

「だったら、お許しが出るまで待つのが筋だろうが」

「これでも、ぎりぎりまで待ったんですよ。でも祭までひと月ですから、もう始めないと間に合いませんし。まあ始めちまえば、上様も『仕方ない』って思ってくれるんじゃないか、ってね」

「まったく……本当に打ち首だったかも知れねえんだぞ。上様へのお礼に、この夏の花火はただで献上しやがれ」

去り際の語気は実に厳しかった。しかし平田の渋面には、一面の安堵も見え隠れしていた。

太田大膳と平田が去って行くと、新蔵が弱々しい震え声を出した。

「助かった……。打ち首かと思いましたよ」

ぺたりと地に座り、座ったまま腰を抜かして涙目になっている。鳶衆がそれを見て笑い、ひとりが「それにしても」と腕組みをした。

「箱でお願いしたってのは分かりやすいがね。ありゃあ上様んとこに行くまでに、都合の悪いやつぁ捨てられちまうんじゃねえですかい？」

弥兵衛は「いいえ」と首を横に振った。

「箱の鍵は上様がお持ちなんですよ。必ず御自ら開いて、全ての陳情にお目通しくだされます。平田様が若年寄様に逆らえないんなら、若年寄様より上のお方に頼めば……って思いましてね」

まだ残っていた茶屋の衆から、ひとりが口を挟んだ。

「なら、花火にも銭出せって頼めば良かったんじゃ？」

「そいつはねえ、無理でしょうね」

何しろ幕府は飢饉の手当てで財を吐き出している。ゆえに、余計な金は少しでも使わないようにしているのだ。

しかし将軍・吉宗は、幕府の苦しい財政を改めようと、ずっと手を尽くしてきた人だ。そういう英邁《えいまい》なら、今の世に必要な手立てくらい、とうに承知していただろう。

市井に銭を回して皆の稼ぎを底上げすれば、町人は生きる力を取り戻す。そうと分かっていながら手を打たずにいたのは、幕府にそれを促すだけの財がないからである。よしんば、あったとしても、少しばかりの財では効き目などない。

「だから、せめて火避地にも夜店を出させてくれってお願いしたんです。まあ三度目の正直でしたけど」

目安箱が開かれるのは毎月二日と十一日、二十一日の三度である。弥兵衛は三月の半ばと末、および四月の初めに陳情を出していた。

火事があっても楽に壊せる、祭が終わればすぐに片付けられるという掘っ立て小屋の便利まで書き連ねていたが、なお許しが出なかったのは、やはり普請の場所が火避地であるという一点に尽きるだろう。認めて良いものかどうか、将軍も迷ったに違いない。

だが、町方が自ら暮らしを立て直そうと言っているのだ。反対する理由などないはずである。だから弥兵衛は、徳川吉宗という人の聡明に賭けた。許しのないままであれ、始めてしまえば背中を押せると信じたのだ。

「そいつぁ凄えや」

「なあ。上様を脅したようなもんだ」

「いやいや。上様もね、鍵屋さんが本気だから聞いてくれたんですよ」

鳶と野次馬、水茶屋の主人たちは口々に囃し立て、大いに気勢を上げた。

「ありがとうございます。でもね」

弥兵衛は満面の笑みで賛辞を受け止め、しかしひとつだけ釘を刺した。

「さっき、鍵屋は俺たちのためにやってる、お上は何をした……って言った人がいるでしょう」

「あ、俺だ。それが何か？」

鳶のひとりが手を上げた。そちらを見て軽く頷く。

「味方してくれて、ありがとうございます。けど、お上だって、あたしら下々を見殺しにする気はないんですよ。ない袖は振れないってだけで。そこは分かってあげてくださいな」

一同が「思いがけないことを」という顔になる。いつもと変わらないのは新蔵だけだった。打ち首かと恐れていた時のまま、情けない面持ちが固まっている。

弥兵衛は「それに」と続けた。

「あたしも、世のためってだけで体張ってる訳じゃあないからね。御用達ってのはねえ……町方が儲からなくて、お上に入る運上が少ないままだと、困る立場なんですよ。銭もないのに花火なんぞ頼めるか！　てな話になったら、あなた」

首に縄を掛ける仕草で「これじゃないですか」と眉をひそめる。ざわ、と笑いの波が起きて、弥兵衛も共に笑った。

「情けは人のためならず、ってね。あたしが気張りゃあ皆さんが儲かる。皆さんが儲かりゃ、あたしが助かるんです。それに、こういうのって気分がいいじゃありませんか」

茶屋のひとりが「違えねえや」と腕を組む。

「お上が悪いって文句言うだけじゃ、何も変わりませんやね。いい思いをしたきゃ、てめえで何かすんのが当たり前だ。その『当たり前』ができるってのは、確かにいい気分ですよ」

鳶のひとり——先に「お上は何をした」と言った男が、少し恥じたように頭を掻いた。

「……そういう気持ちなんぞ、忘れちまってたぜ。あんまりに飢饉が酷くてさ、何しても空回りだったしよ。でも、今は手応えってのがあらあな」

野次馬まで含めて、皆が「うん、うん」と頷く。広小路に集まった顔は、どれも確かな気持ちを湛えていた。

「よし！　なら、うちも本腰入れて夜店の支度しねえと。儲けんのに何したらいいか、帰って思案しまさあ」

「お、いいねえ。楽しみにしてるぜ。俺ぁ銭使う側だが、色々遊べるように貯めとこうかね」

茶屋の衆と野次馬たちは互いにそう言い合って、三々五々「それじゃ」と帰って行った。ひと騒動あったために時を食い、日も傾いてきた。今日の小屋作りはこれまでとなって、鳶衆も家路に就く。人気のなくなった広小路に、弥兵衛と新蔵だけが残った。

「さて新蔵さん。すまないが、祭までここで寝泊りしちゃもらえませんか。風呂の時には代わり番を出すし、蒲団も運ばせます。三度三度、飯も持って来ますから」

「あ、毎晩の見張りってやつですね。構いませんよ。掘っ立て小屋は、あっしが言い出したんですから。天井に板一枚乗せときゃ雨が降っても大丈夫でしょうし、橋番所の前なら悪党も避けて通りまさあね」

新蔵は穏やかな笑顔で応じ、感じ入ったような吐息と共に続けた。

「やっぱり旦那様は凄えや。こうなるって分かってて、お上に喧嘩売ったなんて」

弥兵衛は「いえいえ」と顔の前で手を振った。

「あたしも肝を冷やしましたよ。一歩間違えりゃ本当に打ち首かも、って。当然、新蔵さんも連座です」

「え？　えええ？」

新蔵は震え上がり、四つ作った掘っ立て小屋の一番奥に転げ込んで身を縮めた。弥兵衛は「嘘ですよ」と笑い、今夜から新蔵の飯だけ多くすると約束して店に帰った。

*

五月も十日を迎えた。水神祭まで二十日足らず、大川端には夏の日がじりじり照り付け、一面に青い河原は噎《む》せ返りそうな草いきれに満ちている。

「よい、せ」

「よっこらしょ」

弥兵衛が見守る中、土手の上から京次と仙吉が花火の土台を運んで来た。新蔵が小屋に取り掛かる前に拵《こしら》えていたもので、形は「エ」の字の台座に柱が一本、先のところは別の材木が釘付けされて前に迫り出し、柱との間は筋交いで補ってある。火花を逆さに噴き出させる「葡萄」や、筒花火の噴き出す力で車を回す「火車」の土台であった。九つ作ったうち、今運んで来たのは四つ目である。

　これとは別に、既に運び込まれている土台がひとつあった。葡萄用の並びから一間ほど前、水際に置かれて杭で固めてある。台座と柱は葡萄と同じだが、先端は真っすぐ上に伸びたままで、長い縄が結んであった。筒花火の胴に釣針形の掛け金を施し、これを縄に引っ掛け、火花の勢いで走らせる「火渡り」の仕掛けだった。

　火渡りの土台に結ばれた縄は、遠く大川の沖に延びている。縄の先、きらきらと日の光に乱れた水面には、元太が漕ぐ船があった。夏場、花火売りの船を漕ぐのは元太の役目である。鍵屋の中で最も巧いとあって、この仕掛けでも船を任せていた。

　元太は延びた縄をぴんと張ったままに保って、右に左に漕いでいる。弥兵衛は「よし」と頷いた。

「十分に巧くなった。これなら」

　本来、火渡りは縄の両側を各々別の土台に結び、真横に走らせるものである。一方を船に結んで動かすのは、これまでの火渡りにない、斜めと横の動きを付けるためであった。

　元太の腕を確かめて、弥兵衛はまた河原に目を戻した。葡萄や火車の土台は二間を隔て置かれ、その間では市兵衛と喜助が草刈りに勤《いそ》しんでいる。火花が降り落ちる場所だけに、丁寧に刈り込んでおく必要があった。

「腰の悪い奴にゃあ、ちと辛いもんがありやすぜ。ああ痛え……」

　時折、喜助が音を上げる。市兵衛が「ふふん」と鼻で笑った。

「なら京の字か仙吉と替わるかい」

「いやいやいや！　冗談言っちゃいけねえや。あんなの運んだら、その場でお陀仏だ」

泡を食って草刈りに戻るも、少し刈っては立ち上がって腰を伸ばし、顔をしかめている。

弥兵衛は見かねて声をかけた。

「喜助さん、替わりますよ。少し休んでくださいな」

「え？　よろしいんで？」

「どうしたって、祭の花火じゃ打ち方が三人要るんです。あたしは大仕掛け、仙吉っつぁんは飛び回る。喜助さんが動けないんじゃ、大桜と流れ星が上げられませんから」

喜助は「ありがてえ」と鎌を手渡し、腰に両手を当てて軽く身を反らせる。弥兵衛は「ふふ」と笑って河原にしゃがみ、青臭い匂いに包まれた。

「それにしても新公の奴、まさかここまでやるたあな」

腰を伸ばしていた喜助が、感心したように呟いた。弥兵衛と市兵衛は手を止めて広小路を仰ぎ見る。低い河原からも、土手の向こうに掘っ立て小屋の並びが見えるようになっていた。もう三十以上も建てたろうか。夜店の支度はあと少しで終わる。

京次と仙吉は引き続き、鍵屋の中庭から土台を運んでいる。五つ目を運び終えた頃、弥兵衛は草刈り鎌を喜助に返して仙吉を呼び止めた。

「どうです。ちょいと飛んでみちゃ」

「へえ。でも二間しか離れてねえんでしょ？　そのくれえ目ぇ瞑ってたって飛べますぜ」

すると、草刈りに戻った喜助が「馬鹿野郎」と眉をひそめた。

「おめえの役回りが一番面倒なんだぜ。葡萄も火車も、ちんたらやってちゃ綺麗に見えねえ。暗い中で速さが要るんだからよ、少しやっとけ」

「へいへい。分かりやしたよ」

やれやれ、と仙吉が端の土台に向かう。ひらりと飛んだと思う間もなく、あっという間に背丈四つ分を登りきっていた。掘っ立て小屋の時に見た鳶の倍ほども速い。

「行くぜ」

仙吉はいったんしゃがみ、親導に火を点ける真似をした。そして「しゃっ」と掛け声ひとつ、二つ目の台に飛び移る。

「お、てめえの小便と同じくれえ飛ぶじゃねえか。大《てえ》したもんだ」

京次が——相変わらず品のない物言いだが——感心して手を叩く。弥兵衛も目を丸くした。ふわりと飛び移る仙吉の姿には、鷗《かもめ》の如き軽やかさがある。

「はい次」

二つ目で再びしゃがみ、火を点ける格好をする。そしてまた飛び、しゃがみ、二十も数えないうちに五つを飛び終えてしまった。

「どうでえ喜助の兄ぃ。これでも慣れが要るってかい？」

「まあ飛ぶ方はな。だが祭の日にゃ、夜にこいつをやるんだ。毎晩おさらいして慣れとけよ。あと、火ぃ点けるのが遅い。今の半分でできるようにしとけ」

「なら草刈りの後で、今夜も打ち方の稽古だな。腰が立ちゃ、の話だがね」

喜助は「うるせえ」と返して、また鎌を使い始めた。

残る土台を運ぶべく、京次と仙吉は店に戻って行った。手の甲で額を拭いつつ、市兵衛が「そう言やあ」とこちらを向いた。

「旦那、そろそろ銀六が戻る頃じゃねえですかい」

「おっと。もうそんなに経っちまいましたか。じゃあ、あたしも戻るとします」

「こっちは、あっしが見ときますんで」

弥兵衛は市兵衛に「よろしく」と会釈して店に戻った。

*

京次と仙吉が最後の土台を運び出した頃、銀六が帰った。黙って店の引き戸を開け、外の大八車から背丈ほどもある木綿の包みを抱え上げて入って来る。

まだ夕暮れには早いものの、明かり取りから入る光は幾らか心許ない。作事場で待っていた弥兵衛は「お帰りなさい」と腰を上げた。

銀六は関東でも指折りの炭の産地、下総《しもうさ》・佐倉《さくら》の炭焼き小屋に出向いていた。両国橋を渡って遥か東、十余里も離れているとあって、行き帰りにそれぞれ一日を使う。炭焼きには二日かかるため、顔を合わせたのも五日ぶりであった。

「どうでした」

「へえ。まあ……」

期待を込めて問うも、渋い顔が返る。上手く行かなかったらしい。

運ばれたものを挟み、差し向かいに座る。炭を守る木綿を外せば、花びらの線は中途で捻れていて、彫った時の美しさは見る影もなくなっていた。銀六は、そこを指で撫でながら悔しそうに溜息をついた。

「木目、できるだけ断たねえようにしたんですがね。これでさあ」

「そうでしたか……。花、あと二つでしたよね」

出店を募り、散らしを配り、西詰の店にも手を貸してもらい、鍵屋の面々にもあれこれを任せて二ヵ月が過ぎている。その間、銀六は彫り物と炭焼きを繰り返す毎日だった。大仕掛け花火に使う花は七つ、既に仕上がった五つは小さいもので、残る二つが目玉と言える大輪である。

これまでの五つとて、楽な仕事ではなかった。日の出から夜中までかけて同じ花を三つ彫り、翌日には次の花を三つ彫り、それを五日続けて佐倉に向かう。上手く行くかどうか分からないため、最初は予備まで含めて十五も彫ったのだが、それを炭に焼いてみれば全てができ損ないだった。そこで次には彫り方を変え、材木の木目を選び、炭に焼いた時に欠けや撚《よ》れが出ないよう丹念に磨いて、ようやく花のひとつが仕上がった。

幾らかの要領は得たのだろう、以後は二度続けて、二つずつ花が仕上がった。

だが、その後で焼いた大輪二つは三度続けてしくじっている。

「やっぱり難しいんですかね。素人のあたしが見ても、銀さんは腕がいいと思うんですが……花びらを分けて彫るってのが、いけないのかも知れません」

彫り物に使う板は畳一枚分の大きさで、厚みは三寸ある。これまでに仕上げた小さな花は一枚の板を目一杯に使って一輪ずつ彫り抜いたが、大輪の二つは花びらを六つに分けて彫り、炭にしたものを組み合わせる形を考えていた。

弥兵衛は「むう」と渋く唸って腕を組み、目を閉じて背を丸めた。炭に焼けば木は縮む。ただの丸太でさえ、乾き具合や諸々の加減が違えば、元の形を留めたまま縮みはしないものだ。別々の木から彫り抜いたものを炭にして組み合わせ、きちんと形にするなど、無理な注文だったのかも知れない。

「今日は十日か」

呟いて、俯いていた顔を上げた。銀六を見れば、自分の仕事が形にならないもどかしさに唇を噛んでいる。

「次がだめなら、諦めるしかありません」

「そんな。大輪は大仕掛けの目玉じゃねえですか」

銀六の目が驚きを湛えた。弥兵衛はその気持ちを汲むように二度頷き、諭すように続ける。

「彫って、持って行って炭に焼く。持って帰る。大きいの二つは、そこまでで七日かかる。で、炭の花ができたら硫黄を塗って、その上に火薬を練り固めなきゃならない。乾かすのに三日として、合わせて十日。五月二十日ですよ。そこで仕上がらなきゃ、二十八日の祭に間に合いません」

「そりゃまあ。でも……」

どうにかできないのか。銀六は右手をこめかみに当て、しかめ面で頭を働かせている。しばしそうしていたが、やがて「分かりました」と肚の据わった目を見せた。

「あと二度、何とかします。彫りと炭焼きだけで十二日くだせえ」

そこから火薬に三日を使って二十五日。これなら間に合う。しかし。

「行き帰りの日も入れりゃ、炭焼きには四日、二度なら八日かかる。こいつは短くできない。なら、彫るのを速くしなきゃなりませんよ。今でさえ苦労してんのに」

「俺が寝る間を半分にして、彫りのための時を捻り出しゃいい」

弥兵衛は「待った」と腰を浮かせた。

「あなた、今だって二時《ふたとき》しか寝てないんでしょう」

銀六は住み込みではないが、このところ作事場に寝泊りしている。皆が寝静まった後も彫り物を続け、翌朝に起きればもう仕事に戻っているという毎日であった。聞いてみたところ、夜の九つ半（一時）に身を横たえ、暁の七つ半（五時）に起きているという。それを半分に――十二日も続けて一時《いっとき》（二時間）しか眠らないなど、正気の沙汰ではない。

「死んじまいますよ。いくら何でも、そんなことまで」

「なあに。炭焼きを待つ間は、できることがねえんです。そこで、まとめて眠りゃあいい」

「でもねえ……」

死なないまでも、体を壊しはしないか。案ずる弥兵衛に、銀六は「お願《ねげ》えです」と手を突いて頭を下げた。

「俺ぁ、やるって言ったんだ。ちゃんと男になりてえんです」

今のままなら、おまえは屑だ。そう含ませて叱り飛ばした日が思い起こされた。意地なのだろう。胸を張って生きて行ける男になりたい、この一念が今の銀六を支えている。

「……分かりました。でもね、ひとつだけ約束してください。無理だと思ったら、そこでやめること。銀さんの心意気は見上げたもんですが、何もかも命あっての物種ですよ」

「へえ」

上げられた顔は、惚れ惚れするほどの男ぶりだった。元々作りの良い面立ちだが、そのせいではない。この上なく輝いているがゆえであった。

その晩から銀六は、寝る間も惜しんで彫り物に没頭した。昼日中でも、飯の時を除いて誰も声をかけられない。それほどに鬼気迫るものを身に纏い、戦っていた。

しかし。一度目が終わったのは、いつもより遅い四日後の夜遅くであった。

五日目の朝、佐倉に行って来ると言う銀六を呼び止めて、弥兵衛は釘を刺した。

「ねえ銀さん。彫りが余計にかかったんですから、やっぱり……これまでですよ。せめて今度のが上手く行くといいんですがね」

しかし銀六は「はは」と笑い飛ばした。

「四日かかったのは、今までより丹念に彫ったからでさあ。まあ確かに、これで仕上がりゃ言うことなし、なんですが」

「ですが、って。今度ので仕上がらなきゃ、もう間に合わないんですよ」

「そんなこたあねえ。必ず間に合わせます」

凜とした眉で言い残し、銀六は大八車を引いて行った。見送りながら、弥兵衛は「おや」と目を凝らした。引かれる車には、彫り終えた花を包んだ木綿が載っている。その下に、何も仕事をしていない材木があった。

「そうか。それで、二度か」

どうやら銀六は炭焼きを待つ間に、二度目の彫りを始める気でいる。だが大丈夫なのだろうか。佐倉にいる間は休むと言っていたのに。

呼び止めるべきか。思いつつ一歩を進んだものの、どうしても二歩目を踏み出す気になれなかった。

「……よそう。無粋じゃないか」

苦しいからと言って諦めず、懸命に手を尽くそうとしているのだ。そこに口を出し、銀六の思いを無にしたくはない。

深く、深く息を吸い込む。長く吐き出す間に、弥兵衛の顔は強く引き締まっていった。

*

「やっぱり、こうなりましたか」

薄暗い作事場で、弥兵衛は苦い顔になった。元太と京次が右、喜助と仙吉が左に並び、車座になって炭の花びらを囲んでいる。花びらの線は無残にひしゃげていて、とても使いものにならない仕上がりだった。

「諦めるしか、あるめえよ」

行灯に火を入れ終えた市兵衛が、戻りながら声を向けた。皆も「そうだな」と口を揃えた。誰もが「おまえは良くやった」と労《いたわ》りの思いを滲ませている。

しかし銀六は、ひとり「いいや」と目を光らせた。

「まだ最後のが残ってんだ。そいつがある限り、俺ぁ諦めねえ」

その意気込みを慈しむように、弥兵衛は「うん」と頷いた。

「それ、もう焼きに掛かってんですか？　向こうにいた二日で、良く仕上がりましたね」

「いえ。彫るのはこれからですぜ」

「え？　でも、それじゃ」

今日は五月十九日である。四日も使って丹念に彫り抜いたものが形にならなかった以上、今から彫って炭焼きに出すのでは――。

こちらの怪訝な顔を見て、銀六は「さあて」と腰を上げた。目は未だ死んでいない。

「元さんに京さん。悪いが、ちと手ぇ貸してくんな。運んで来たやつ、まだ外に置いたままのがあるんでえ」

「何だ、そりゃ。これで終いじゃねえのかい？」

驚いた顔の元太に「ああ」と頷き、銀六は疲れた身を「うん」と伸ばした。

「軽くはなってんだが、何しろ束だからな」

三人で作事場から店先の土間に下り、出入り口の引き戸を開ける。そこにある大八車には、なるほど積荷が残っていた。木綿に包まれていて、それが何かは分からない。

「せえの」

片方を銀六が、もう片方を元太と京次が持ち上げて運び込む。この形は――。

「銀さん。もしかして」

弥兵衛は腰を上げて膝立ちになった。見遣る先、いつも銀六が仕事をしている辺りに、木綿の大きな包みが下ろされた。

「よっ……こらしょ、と。そうですぜ旦那。炭でさあ」

元の大きさに比べて縮んではいるが、横が一に対して縦が二の寸法である。木綿が退けられると、彫りに使う材木をそのまま炭に焼いたものが現れた。

銀六は、どっかり座って平鑿を手に取った。

「彫ってから焼くのがだめなら、焼いたものを彫りゃあいい。それなら捩《よじ》れも欠けもできねえ」

「でもなあ銀さん、木と炭は全く違うぜ。木ってのはさ、どんなに硬《かて》えのだって……何てえか、粘りってのがあるだろう」

運びを手伝った元太が、傍らから戸惑った声を向ける。弥兵衛の左後ろに座った市兵衛も「そうだな」と続いた。

「炭ってのは硬えが、そのくせ脆いもんだ。槌で鑿の尻なんぞ叩いた日にゃあ、ぼろぼろになっちまう」

銀六はひとつ頷き、にやりと笑った。

「槌を使わなきゃいい。少しずつ削って彫り抜くんだ」

そして真剣そのものの顔になり、炭の板に鑿を使った。彫ると言うより、滑らせると言う方が正しい。サーッと音がして、五寸釘三つほどの長さに、ごく浅い線が削られていた。

「こうやってよ、優しく……優しく、撫でるみてえに繰り返してやる」

「あれか。女の乳いじる時みてえなやつか」

京次が下卑た笑いを漏らし、喜助が「おめえは黙ってろ」と一喝する。そうしたやり取りも今の銀六には聞こえないらしい。ただ仕事に全てを傾けていた。

「三百、四百と繰り返しゃあ板の向こうまで彫れるってもんさ。ねえ旦那、寝ねえでやりゃあ五日で仕上がりますぜ。二十四日だ。花火に仕立てんのに三日って言ってたでしょう。少し遅れるけど、間に合うはずです」

それなら祭の前の日に、ぎりぎりで大仕掛けを仕上げられる。だが、と市兵衛と仙吉が驚いて声を上げた。

「寝ねえって、五日もかい」

「銀さん、ぶっ倒れちまうぞ」

やはり返事がない。皆が固唾を呑んで見守り、総身を押し固められたように動けないでいる。そうした中、銀六だけがどこか違う場所にいるかのようであった。

「……何言っても聞こえませんよ。銀さんを信じましょう」

弥兵衛は、やっとひと言だけ捻り出した。皆を搦《から》め捕っていた見えない糸が切れる。せめて邪魔はするまいと、忍び足でそれぞれの仕事に戻った。

ややあって夕餉の時となる。いつもの八畳間に集まっても、やはり銀六だけは顔を出さなかった。

「おまえさん。銀さん、声かけても聞いてないみたいなんですよ」

佐代が心配そうに戻って来る。弥兵衛も同じ顔になったが、銀六が「よし」と思うまではと憂いを呑み込んだ。

「仕事の切りが悪いんですよ。先に食べていましょう」

弥兵衛と佐代、市兵衛以下の面々は「仕方ない」と椀を取る。相変わらず粗末な粥に沢庵漬という膳であった。水神祭が近付いて各々が忙しくなったが、近頃ではこういう飯でも笑いながら食っていたのに。それが、今日ばかりは誰も口を利こうとしなかった。

「ごちそう様でした」

弥兵衛にしても、箸を取ってから口にしたのはそれだけであった。

「奥様。おいら、これから打ち方の稽古なんで、ちょいと小屋に寄ってきまさあ」

仙吉の小声に、佐代が無言で頷いて立つ。少しして、広小路で番をしている新蔵の膳が支度された。仙吉がそれを持ち、喜助は稽古に使う筒花火を抱えて店を出た。

やがて打ち方の稽古も終わり、仙吉と喜助、市兵衛は各々の長屋に帰って行った。住み込みでない三人が店から出る頃になっても、銀六はまだ炭の板に向かって鏨を使っていた。

その晩、弥兵衛は眠れなかった。銀六が飯を食いに来るのではと、少し離れた八畳間に聞き耳を立てている間に目が冴えてしまった。

しかし、いつまで経っても何も聞こえない。或いは銀六が足音を立てないようにしていて、聞き漏らしたのかも知れなかった。

様子を見に行こうか。右隣に寝ている佐代の妨げにならないよう、気を付けて身を起こす。すっかり目が闇に慣れていて、真っ暗な寝屋の中でも様子が見て取れた。妻の足を踏むまいと、大回りに進んで縁側へ。中庭沿いに真っすぐ進み、右手に並ぶ部屋を二つ行き過ぎる。三つ目が八畳間で、銀六が来た時のために行灯の明かりを残していた。

その障子を開ける。膳は、出した時のままであった。

「まだ……か」

囁いて中に入る。ただでさえ粗末な粥が冷めきってしまえば、腹の足しにもなるまい。台所で温め直そうかと、静かに身を屈めて膳に手を掛けた。

「お結びの方が、いいですよ」

「……っ」

後ろから囁き声が聞こえて、腰が抜けそうな思いを味わった。新蔵のような情けない顔を向ければ、佐代が声を出さずに笑っている。その手には、皿に載せられた結び飯が二つあった。

「起きてたのかい」

「眠れるもんですか」

互いに囁き合う。どうやら佐代は、こうなると見越していて、先んじて結び飯の支度を済ませていたようだ。

二人で作事場に向かう。暗い廊下を抜けると、銀六は手を真っ黒に染めて、一心不乱に鑿を使っていた。

佐代はどうにか明かりが届くくらいのところに皿を置き、何も言わずに下がって来た。そして弥兵衛の胸を、軽く触れるように二度叩いた。行きましょうと示されて頷き、来た時と同じに忍び足で寝所に戻った。

落ち着かぬものを抱えながらも、いつの間にか眠っていたらしい。ふと目を覚ますと、障子の外はもう白んでいる。右の蒲団に妻の姿はなく、もう朝餉の支度に掛かっているようだった。

「どれ……」

独り言を漏らし、起き上がって廊下に出る。銀六はどうしているだろうかと、まず作事場に向かった。

「あ、こりゃ旦那。お早うごぜえやす」

銀六は炭に染まった手で結び飯を摑んでいて、口をもごもごさせながら挨拶した。既にひとつを食い終わって、残るひとつもあと二口で終わりそうである。

弥兵衛は安堵の息と共に笑みを漏らした。

「手ぐらい洗ったらどうです」

「炭の少しくれえ、口に入ったって腹は壊しませんや。食った後に洗うんですからね」

飯の前と後と、二度洗うのは時の無駄だと言わんばかりである。そして大口を開け、二口残ったものをひと口で頰張ってしまう。嚙みながら土間に下り、隅の水瓶《みずがめ》から柄杓《ひしゃく》で掬《すく》って指を洗うと、元いたところに戻って来た。

「それより旦那。どうです、これ」

銀六は彫り台の下に手を入れ、黒い彫り物を三つ取り出した。ひとつを見れば、波打ちながら右横に延び、そこから左下に延びる線――大輪の右上に当たる花びらであった。

「こりゃあ……凄い」

思わず息を吞んだ。以前、材木から彫り抜いた同じ形を目にしたことがある。しかし炭から削り出した線は、その時よりもずっと優美で艶かしく、気品すら湛えているように見えた。細かく丁寧に鑿を使ったから、なのだろうか。

「組み上げまで、あと九つ彫りゃあいい。この分なら五日で仕上がりますさあ。二十四日に間に合いますよ」

「ひと晩で三つなら、あと三日でしょう。少し眠りませんか」

　銀六は嬉しそうに目元を緩め、しかしすぐに鑿を取った。

「やっぱり五日でさあ。楽なとこと、難しいとこ、違いはありますからね。寝るのは彫り終わってからだ」

　その日も銀六は日がな一日炭の板に向いていた。時折、思い出したように「厠《かわや》」と立つ。長く座り続けて脚が固まっているせいか、それとも小便が溜まりきっているせいか、一歩を進むごとに「あ、う」と苦しそうな呻《うめ》きを伴っていた。

　寝食を忘れての仕事は、なお続いた。

　彫り始めから数えて五日目の晩を迎えた。夜九つ（零時）はとうに越え、日付が五月二十四日に変わっている。丑三つ時の少し前、弥兵衛は今日も佐代と共に銀六の飯を運んだ。

　そして。

「あ」

　作事場を覗いた佐代が、甲高い掠れ声を漏らす。弥兵衛も妻の肩越しに見遣り、そして、しばし呆けた。

　銀六が作事場の床で大の字になっていた。目を閉じた顔の力はすっかり抜けて、腹が上へ下へと静かに動いている。大輪を作るための炭――十二片に分けられた花の縁取りは全て彫り上げられ、泥のように眠る両脇に積み上がっていた。

「本当に……間に合わせちまった」

ふらりと歩を進め、銀六の頭に回ってしゃがみ込む。弥兵衛は両の目からひと粒ずつ涙を落とした。

「銀さん。男だねえ」

そして、すくと立つ。花火師の顔になった夫を見るや、佐代が脇に退いて道を譲った。

弥兵衛はつかつかと歩き、暗い廊下を抜ける。右手に中庭を望む縁側に至ってすぐ、京次が眠る部屋の前に来ると、がらりと障子を開けた。

「京さん、起きとくれ。仕事だよ」

肩を揺すって叩き起こす。京次が面食らっている間に、隣に続く襖をぴしゃりと開けた。

「元太さん。あなたも」

言いかけたのだが、元太はもう身を起こして目を擦っていた。

「京の字を呼んだ声が聞こえましたから。銀さん、ついに……ですね」

「ああ。今度は、あたしらが男を見せる番だ」

よし、と連れ立って廊下に出る。京次も大欠伸をしながら、ふらふらと出て来た。

「夢ん中で、いい女抱いてたってのに。銀六の野郎……今度、吉原で奢らせてやる」

「はいはい。そりゃどうでもいいから、行きますよ」

弥兵衛は二人を促して作事場に戻った。銀六はあまりに深く眠っていて気付きもしない。

「京さんは硫黄を水に溶いてください。硫黄が一、水が三だよ。元太さんは火薬を練っといて」

指図する傍ら、佐代がぱたぱたと戻って行く。そして、すぐに三人分の襷を持って帰った。

「頑張ってね。明日の朝は、お米だけでお結び作りますから」

米だけの飯と聞いて、京次が「ようし」と襷を掛けた。元太は樽一杯に作った火薬を桶に取って、土間の水瓶から盥《たらい》に汲んで戻る。

京次が硫黄を水に溶く。弥兵衛はそれを受け取って刷毛を使い、銀六が仕上げた花びらに塗っていった。

「京さん。終わったなら、ぼさっとしてないで元太さん手伝って」

「へいへい」

炭の肌に、むらができないように硫黄を塗り込む。真っ黒な炭が薄黄色を吸い込み、黄土色掛かって見えるようになった。

「旦那さん。ひと樽、上がりですぜ」

元太が水で練った火薬を運んで来る。よし来た、と卵くらいの量を掴み、硫黄の上から練り付けていった。

「よし、一丁上がりだ。京さん、これ縁側に干しといて。銀さんに吉原で奢らせたいなら、大事に扱ってくださいよ」

「分かってますって」

硫黄を塗るにも火薬を練り付けるにも水を使うため、乾かすのは少しでも早い方が良い。朝になったら天日干しに替えようと思いながら、弥兵衛は懸命に手を動かした。

そして――。

「旦那、旦那」

肩を叩かれて目を覚ます。む、と唸って目を開ければ、銀六が不思議そうな顔をしていた。

「おや銀さん。お早うございます」

「お早う、じゃありやせんぜ。何だって、こんなとこで寝てんです。しかも京さんも、元さんも一緒だ」

弥兵衛は欠伸をして、くす、と笑った。

「銀さんだって一緒じゃないですか」

「そりゃまあ。あ！　そう言やあ、俺の彫り物、どこへやったんです」

「ああ、あれね。花火になりましたよ」

昨晩のことを語って聞かせると、銀六は感極まったようで、次第に目を潤ませていった。

「わざわざ夜中に……ありがとうごぜえやす」

「なあに。あなたの粋に応えなきゃ、江戸っ子の恥でしょう」

元太と京次はまだ眠っている。二人の高鼾《たかいびき》と弥兵衛たちのしんみりした空気は、互いが場違いという風だった。

それを払うように、佐代の嬉しそうな大声が響いた。

「はいはい、朝ご飯ですよ。約束どおり、お米だけのお結び」

見れば、運ばれた盆には真っ白な結び飯が十幾つも載っている。元太と京次が飛び起きて佐代を向き、観音様でも拝むように手を合わせた。

*

真っすぐ進む道の向こうには、横に延びた川がある。水面を覆うように筏《いかだ》が浮かんでいて、高くなり始めた日の光も然して眩しくない。岸には十数軒の家があり、それぞれの軒先には長い丸太が幾つも立て掛けられていた。木場——江戸で使う材木を各地から運び、いつでも動かせるように溜《た》めておく場所である。必然、材木から何かを作る職人も多い。

筏の群れの左脇には、真新しい船が三艘、静かな波に揺れていた。それを見ると、元太と喜助の声が熱を帯びる。

「お、あれだ。いやあ、新しいってのはいいねえ」

「京の字がいたら、また助平なことでも言ってんだろうな」

二人して「違えねえ」と笑う。弥兵衛も軽く吹き出して、少しばかり足を速めた。

「何て言っても三つですからね。急いでもらう分、余計に銭を使いましたけど」

鍵屋には夏場の売り込みに使う船がひとつあるが、これに加え、水神祭のために三艘を注文していた。船の仕上がりは十日も前に報せを受けていたが、夜店と花火の支度に追われ、五月二十五日になってようやく受け取りに来たものであった。

川岸に至れば、新しい船は長く使った花火船より大きく見える。同じ大きさで頼んだのだが、火薬の煤で汚れていないせいだろうか。そのすぐ手前には柱と板屋根だけの作事場があり、数人の船大工が鉋や鋸《のこぎり》を使っていた。

「船政《ふなせい》さん。鍵屋です」

声をかけると、大工たちを視ていた厳しい目がこちらに向いた。棟梁である。潮風に焼けた顔が深い皺を湛え、如何にも気難しそうなものを思わせる。

「よう六代目、遅えじゃねえか。俺にゃあ急げって言いやがったくせに」

「すみませんねえ。何せ祭の支度ですから、ちょっと抜けられなかったんですよ」

頭を下げると、棟梁は「ふん」と鼻を鳴らした。

「まあ上様の祭も、祭にゃ違えねえやな。分かった、もう文句は言わねえ」

「じゃ、受け取って行きますよ」

「おう。さっさと持ってけ。新しいの浮かべるとこがなくて、困ってんだ」

今ある花火船も、この棟梁の下で造られたものである。二十年以上前、父に連れられて来た日を思い出した。無愛想に磨きが掛かったな、と苦笑して岸へ向かう。

「さあ元太さん、喜助さん。漕いで帰りましょう」

二人が威勢良く「へえ」と返し、嬉々として二つの船に乗り込んだ。幅は一間半、長さは三間半もあり、人だけなら十人かそこらが乗れる大きさである。売り込みの際は同じ大きさの船を三人で使うが、それは多くの花火を積む必要あってのことだ。

弥兵衛も二人に続いて、三艘目に乗った。

「お。さすがだ」

父が注文し、今なお使っている船は、二十余年が過ぎてもこれと言った難がない。しかしこの新しい船は、それを越える仕上がりと言えた。何より揺れが少なくなり、船底を踏んだ足に何とも言えぬ安心がある。

「さて、行きますか」

桟橋の杭に繋がれた縄を解き、元太が櫂を取る。そして船が滑り出すと、驚いた顔をこちらに向けた。

「旦那さん、こいつぁ凄えや。船足も速い」

喜助が続いて進み、弥兵衛も櫂を操って「へえ」と目を丸くした。どうやら櫂が違う。水を掻く時の力が少なくて済むようだ。その分、確かに今までの船より速い。棟梁の気難しさが増しただけ、船大工としての腕も磨かれていた。

夏の朝日と川の照り返しを浴びて、西へ、西へ。やがて大川の河口に至る。舳先を右に向けて緩やかな流れを遡り、両国橋までは半里足らずであった。

二日後、五月二十七日。

「お早うごぜえやす」

朝五つ（八時）の鐘を聞いた頃、喜助が店に出て来た。弥兵衛は作事場で待ち構えて挨拶を返し、すぐにひとつを頼んだ。

「お早うございます。早速ですが、広小路へ行って新蔵さんと替わっちゃくれませんか」

それだけで、喜助には仔細が分かったらしかった。

「お！　銀六の花火、乾きましたかい」

「ええ。新蔵さんの腕が要りますからね」

喜助は「よっしゃ」と踵を返して駆け出し、すぐに「あ痛」と腰を押さえる。それでも、やはり花火が好きなのだろう。えっちらおっちら歩く姿が、どこか嬉しそうだった。

横山町から両国広小路までは、ごく近い。歩くのが遅い喜助でもあまり時は食わず、新蔵が顔を出すまで半刻（十五分）と待たなかった。

「ここが一寸二分……。ここが……」

火薬蔵の前、弥兵衛と市兵衛、仙吉、そして銀六が見守る中で、新蔵が曲尺《かねじゃく》を使う。次いで筆を取り、元太と京次が支えている木枠に墨で目印を入れていった。

これから、この木枠に臍穴《ほぞあな》が彫られる。銀六の仕事――大仕掛け花火の個々を填め込み、組み上げる作業だった。

大工仕事の臍穴なら縦長の四角を描き入れるところだが、銀六が彫り抜いた炭はその形になっていない。あるものは四角の上下で幅が違い、別のものは四角というより歪んだ丸形である。いびつな形の臍穴を彫り、ぴたりと収めるには相当の腕が要る。

「じゃ、いきますよお」

新蔵は鑿と金槌を取って木枠を彫り始めた。手並みは鮮やかで、すぐにひとつを彫り終える。弥兵衛は銀六の心意気――最後まで苦労して仕上げた大輪の一部を手に取って、ゆっくりとその穴に差し入れた。

「ぴったりだ！　やるじゃねえか新公」

仙吉が驚きの声を上げた。その言葉どおり、臍穴は大仕掛けと寸分違わない。わずかの隙間もなく、がっちりと填まっている。銀六が「凄え」と目を見張り、市兵衛が「ほう」と唸った。

横に六間、縦に三間の木枠にはその後も次々と臍穴が彫られた。そして弥兵衛の手で銀六の仕事が差し込まれて行く。

やがて、炭で作った花の形が組み上がった。

「本当に……できたよ」

「おお、やっちまったな」

元太と京次から、ゆらりと立ち昇るものがある。対して銀六は声を揺らしていた。

今にも涙を落としそうである。その後ろから、市兵衛が何も言わずに右肩を叩いていた。

「こいつが、明るく光るんですかい」

弥兵衛は「待った」と、少し厳しく声をかけた。

「嬉し泣きにゃ、ちょっと早いね」

そして縁側に畳んであった木綿の布を取る。

「明日の昼に最後の支度をするけど、客に見せるのは夜じゃないですか。泣くのは、こいつが大川に咲いた時ですよ。それまで隠しときましょう。この大仕掛けも、皆の『やってやる』って気持ちも。銀さんの思いもね」

弥兵衛は市兵衛と目配せを交わして布を広げ、仕上がった大仕掛けを丁寧に覆い、紐を掛けていった。

一夜が明け、五月二十八日を迎えた。

「元太さん、巧くやってください」

「合点承知。旦那さんこそ、下手打たねえようにお願えしますよ」

水神祭を今夜に控えた昼下がり、真新しい船が二つ並んで大川端を離れた。大仕掛けは二艘に跨って立てられ、木枠のところで船縁にしっかり釘付けされていた。木綿の覆いと、それを縛った紐は昨日のままであった。

二つの船は、三間を隔て、大仕掛けの木枠で繋がっている。大事な目玉の花火に余計な力をかけまいと、弥兵衛と元太は左右の艫《とも》で慎重に櫂を使った。

と、緩い風が川を渡り、大仕掛けを覆う布がはたはた音を立てた。ずいぶんと煽られたが、致し方ない。何しろ横六間に縦三間の帆を張っているようなものだ。

「流されちゃいないだろうね」

弥兵衛は身を左に傾け、斜めに身を乗り出した。こうでもしないと前が見えない。そこで、また風が流れる。

「おっとと！」

水に落ちそうになり、櫂にしがみ付いて堪えた。

「しょうがねえなあ。ちょいと、ゆっくりにしますから」

元太がじわりと櫂を操り、船足を緩めて揺れを殺してくれた。さすがに船の扱いが巧い。

二人はその後も慎重に慎重を重ね、沖へ沖へと進んでいった。

「よし。ここだね」

「へえ」

大川の幅は実に一町もある。両国橋を小走りに渡れば三十近くを数えるほどだ。そうした流れの真ん中より、三分目ほど西詰寄りに船を止めた。真っすぐ両国橋を向くのではなく、少しだけ広小路の方へ傾いて斜めになっている。流されないように元太が櫂を使う一方、弥兵衛は船底から棹を引っ張り出して水に突き込んだ。

「うん。いい手応えだ」

河口に近い両国橋近辺は、水も深い。だが川底にはところどころ盛り上がった「洲《す》」があり、今いる辺りなら物干し竿二つ分くらいに浅くなっている。水に入れた棹は、人の手首ほどの竹を二つ繋げて十分な長さを持たせていた。これをもうひとつ川底に刺し、それぞれ舳先と艫に固く結び付けた。元太も同じ格好の棹で船を沖付けし、少しくらいの流れや風では大きく揺れないくらいに整えた。

「じゃ、兄貴に合図しますぜ」

岸に向け、元太が大きく手を振る。少しして喜助が、銀六と共に乗る一艘を寄せて来た。大仕掛けの見張り番に元太と銀六を残し、弥兵衛は喜助の漕ぐ船で岸に戻った。両国橋の上には、気の早い者がもう足を運んでいる。誰もが「何が起きるのか」と、浮き足立った思いをこちらに向けていた。

河原の桟橋に戻ると、今度は京次と仙吉を伴って広小路に向かった。そこでは新蔵が、いつもは出さないような大声を張り上げていた。

「はい皆さん、並んでくださいよお。順番ですからね」

三十を超える掘っ立て小屋を前に、店を出す者が荷車の列を作っている。屋台の面々もその左隣に並んでいた。新蔵は帳面を片手に、それぞれがどの小屋に入れば良いか、屋台をどこに落ち着ければ良いかを教えている。

「じゃあ京さん、仙吉っつぁん。夜店の皆さんの荷運び、手伝ってくださいな」

二人は「へえ」と威勢良く返し、任された役目に向かった。弥兵衛自身は屋台の列を回り、あなたはここへ、そちらさんはあそこへと導いて新蔵を助けた。

出店の衆がそれぞれの小屋に入り、屋台が各々の場所を定めた頃、北方――浅草寺から遠く鐘の音が渡った。夕七つ、申の刻（十六時）である。とは言え夏の日は長く、未だ明るい。夜店の支度も終わっていなかった。にも拘らず、両国広小路には客の姿がちらほら見え始めている。

「集まってんの、五十人くれえ……かな」

「橋の上まで入れたら、百ってとこだ。でも、これで本当に二千人も呼べるんで？」

京次と仙吉が漏らす懸念に、弥兵衛は落ち着いて返した。

「早く来たのは、年寄りと女子供が多いようだね。男衆は仕事が終わってからでしょう。これからですよ」

無論、胸の内まで落ち着いている訳ではない。だが努めて顔に出すまいと笑みを作り、胸を張った。

「それにね、ここまで来たら、できることをやり遂げるしかないんだ。日が落ちたら、あたしらの大一番ですよ」

今はただ、その時を待とう。弥兵衛は二人を促して、いったん店に帰った。

作事場には市兵衛と喜助に加え、佐代も顔を見せていた。そわそわした思いは誰もが同じらしい。弥兵衛たちが戻っても何も喋らず、気味が悪いほど静まり返っていた。時折、市兵衛や喜助が明かり取りを眺める。京次と仙吉は、何をするでもないのに、うろうろ歩き回っていた。

そのうちに、騒がしくなってきた。ざわめき――人の作る気配が大きくなっている。

「こりゃあ……旦那」

市兵衛が口を開いた。集まって来たらしい。明かり取りを見上げれば、空が茜に変わろうという頃である。

「だ、旦那様あ！」

広小路に残っていた新蔵が帰り、戸口を開けて転がり込んだ。

「来た来た、集まってます！　もう、二千なんかじゃ利きませんよ。小屋の前も橋の上も、押すな押すなの大賑わいでさあ」

一同が「よし」と喜びを弾けさせる。弥兵衛は勢い良く立った。

「じゃあ、行きましょうか」

すると仙吉が「待った」と手を上げた。

「そんなんじゃあ力が入らねえや。いよいよ大一番なんですぜ。おいらを叱り飛ばした時みてえにさ、江戸っ子らしくやってくだせえよ」

苦笑が漏れる。なるほど、これは鍵屋の出陣なのだ。大仕掛けの番に残した元太と銀六も同じ思いだろう。

「そうだね。なら……行くぜ、野郎共！」

男たちが「へい」と吼える。佐代が「行ってらっしゃい」と頬を緩め、弥兵衛に目を向けた。

「信じてますよ。おまえさんが、きっと世の中を明るくしてくれるって」

「おう。おめえも後で見に来な。楽しみにしとけよ」

にっ、と力強い笑みを返し、弥兵衛は皆を従えて店を出た。

横山町から真っすぐ進めば両国広小路である。路地口にまで人が溢れ返っているのは、遠目にも分かった。そこら中が同じ有様なら、なるほど二千では利かないだろう。ざっくりとだが、三千。花火の上がる頃になれば、四千を数えるかも知れない。

人混みを避けて右手に折れ、武家屋敷の路地を縫って薬研堀から大川端へ。茜の空が青みを纏い、星の煌めきを見せ始めた。

享保十八年夏、五月二十八日が暮れようとしている――。

七　夜空の花

　夕闇の大川、両国橋と広小路の人垣は、空の濃紺を受けて真っ黒な塊にしか見えなかった。毎年の夏、花火船で売り込みをかける時とは比べものにならない。十倍、十五倍の人出である。

「こりゃ、本当に四千もいるんじゃねえですか」

　橋と広小路を見た市兵衛が、しわがれた小声を寄越す。弥兵衛は「ええ」とだけ返した。夜店に遊びに来た客も、まずは花火をと詰め掛けているらしい。

と、橋のすぐ下の河原で雅びた笙《しょう》の音が鳴った。そこには篝火が二つ、流れに向いて設えられた祭壇を挟んでいる。照らし出された白木の祭壇は見事なもので、人の背丈を軽く超える高さがあった。三段に組まれた一番上には屋形があり、そこに施された彫り物の凝り具合は離れていても分かる。真ん中と下の段には魚や盛り塩、首の長い白磁の徳利が供えてあった。

笙に続いて龍笛、太鼓。雅楽の音曲が響き渡る河原で、数人の影が橋の下から祭壇へと歩を進めた。裃《かみしも》に身を固めた五人を見れば、中央にひと際身なりの良い姿がある。前後二人ずつは供の者であろう。水神祭に際して将軍の名代を務める、老中・松平信祝《まつだいらのぶとき》と思われた。それらに続く神主は、紫地に白紋の袴《はかま》。従う二人の巫女《みこ》は千早《ちはや》に身を包み、神楽《かぐら》鈴《すず》を手にしゃんしゃん鳴らしながら進んでいた。

やがて一行は祭壇の前、水際に至る。老中とその家中らしき五人は祭壇を通り過ぎ、もう少し橋から離れた辺りまで進んで後ろに向き直った。神主は祭壇の正面に至り、それらの武士と礼を交わす。然る後に川を背にして榊を掲げ、左右に振りながら厄を祓った。

「かけまくも畏《かしこ》き伊邪那岐《いざなぎ》の大神、筑紫《つくし》の日向《ひむか》の橘《たちばな》の、小戸《おど》の阿波岐原《あはぎはら》に御禊祓《おんみそぎはら》えたまいし時に生《な》りませる祓戸《はらえど》の大神――」

朗々と祓詞《はらえことば》が続く。息が詰まりそうな人いきれの中、大川端はどこも彼処も押し潰されたような静寂であった。そもそもこれは、水神の怒りを鎮め、去年の飢饉や疫病で死んだ者の霊を慰める祭である。花火と夜店が目当ての客も、彼岸に渡った親しい者を悼んでいるのに違いない。弥兵衛も静かに目を閉じて、災厄で命を落とした人のために祈った。

やがて祝詞《のりと》が終わる。また雅楽が流れ、二人の巫女が鎮魂の舞を奉納した。

巫女舞を以て、水神祭の次第が終わる。ひととおりを執り行なった面々は、来た時と同じく静々と去って行った。

祭壇から人の気配が消えると、ざわ、と空気が変わった。それは鍵屋の衆も同じである。弥兵衛は皆を見回した。

「今日を区切りにしなけりゃな」

一同が頷く。全ての顔が戦う男の眼差しに変わった。弥兵衛も頷きを返し、橋に向いて胸を反らせる。そして大きく息を吸い込み、江戸中に届けとばかりに声を張った。

「花ぁ火い、花火！　葡萄、桜に流れ星。火車に火渡り、大桜。鍵屋の花火は如何でしょう」

途端、どっと大川が沸く。客たちも自分も、今の気持ちは同じなのだと知れた。弥兵衛は右手をぐっと握り、町人たちの思いを受け止めるべく、口上を述べた。

「さあさ皆様、お立会い！　思い返せばこのひと年《とせ》は、我慢と涙の日々だった。腹を空かせて人が死に、流行り病に人は去り。上様の、お膝元たるこの江戸も、侘し寂しの日を暮らすのみ。されど今宵は上様が、水神様をお祀りし！　お鎮まりをと町方のため、祈願なされた忝《かたじけな》さや。いざや我らも水神様に、祈り願いて奉らん。不肖・鍵屋の六代目、水の御霊に捧げるは」

滔々《とうとう》と述べ、少し間を空ける。そして今一度大きく息を吸い込み――。

「夜空の花に、ござ候」

割れんばかりの拍手が巻き起こった。

「いよっ！　待ってました」

「楽しみにして来たぜえ！」

「早く見せてくれ」

嬉しそうな声、声、声。江戸を押さえ込み、締め付けていた空気を跳ね返さんばかりの勢いである。これだ。この気持ちを作ろうとして、自分と鍵屋の皆は今日まで踏ん張ってきた。

「仙吉っつぁん」

「へい」

弥兵衛に促され、仙吉が飛ぶように歩を進める。水際には、両手で摑むくらいの打ち上げ筒が斜めに埋め込まれていた。

「……行きますぜ」

力強い小声と共に、親導に火を点ける。しゃあ、と火薬の燃え散る音を残し、小さな火花が筒の中に駆け込んだ。

ひと呼吸の後に、ドン、と腹に響く。斜めに打ち上げられた「流れ星」が光の尾を引き、すっかり暗くなった天に大きな半円を描いた。流れ星は大川の真ん中より少し向こうまで飛び、人々の心に光明を残して闇に消えた。

「おお？　おお、おおう！」

「こいつぁ凄え」

「いいぞ、鍵屋」

「かーぎやあ！」

去年までの花火より明るいことは、客たちにも分かったのだろう。驚いたような声、楽しげな叫び、浮き立った気持ち――そういったものが束になって押し寄せてきた。これだけでも、自分たちの苦労は間違っていなかったと言える。

声と拍手が鳴り止まぬ中、弥兵衛は「よし」と水際に向かった。

「喜助さん」

「合点」

岸に着けた船から、喜助の意気込んだ声が聞こえた。京次が「よっしゃ」と進み、船の縄を外す。その間に、弥兵衛も喜助の船に乗り込んだ。

「さあて、大仕事でえ」

京次が船の艫をぐいと押し、ゆるりと川面に送り出した。弥兵衛はひとつ頷いて櫂を取り、沖へと漕ぎ出してゆく。向かう先は、昼の間に支度した大仕掛けの船であった。

大仕掛けの土台となった二艘は、夜の帳が下りた中でも明かりを点けずにいる。全ては、最後の最後に見せる花火を隠しておくためだった。

「もう少し……いや」

まだ三分の一も来ていないのではないか。闇に目を凝らしつつ進むと、助け船とばかりに仙吉が二発目を打ち上げた。先と同じく、流れ星の光が緩やかな湾曲を残してゆく。その一瞬の明るさによって、沖着けした二艘の影が見えた。もう半分まで来ている。

もっとも集まった客たちは、いささかつまらなそうな溜息を漏らしていた。同じものを続けたのか、という落胆が手に取るように分かる。

含み笑いに混ぜて、弥兵衛は呟いた。

「……ここから、なんだよ」

途端、空高く上がった花火がパンと弾けた。流れ星が天上で割れ、そこから五つの小さな流れ星が冠《かむろ》に飛んで「枝垂《しだ》れ柳」を作った。

「おおお！　何だ、ありゃ」

「凄えや」

客たちの気勢が、また一気に上がった。喜助が「ようし」と勝ち誇ったように笑っている。確かな熱を持ったどよめきを耳に、弥兵衛は暗い川をなお進んだ。

「お。もうすぐだ」

夜に目が慣れたせいでもあろう、大仕掛けを覆う木綿の布が、黒い向こうにじわりと浮かんで見える。十も数えぬうちに着く間合いであった。

昼間から番をしていた元太と銀六が「旦那さん」「待ってましたぜ」と声を寄越した。

夏場に半日も川面にありながら、疲れの色は見られない。むしろ、ついに始まった大勝負に稚児のような喜びを溢れさせていた。

二人に頼もしさを覚えつつ、弥兵衛は自らの船を大仕掛けの左に横着けする。そして喜助を残したまま乗り移った。

「元太さん、頼みますよ」

「任せてくだせえ」

ここまで漕いで来た船には、弥兵衛と入れ替わりに元太が乗り込む。そちらに残った喜助は、提灯の支度をしながら「仙吉の野郎、しくじんじゃねえぞ」と独り言を漏らしていた。

「さて、行きますかねえ」

元太が漕ぎ、二人の船が川上へ進み始める。と、三つ目の花火が上がって、あちこちから熱狂の歓声が巻き起こった。

「いよっ、鍵屋の大桜！」

「こいつも凄え明るさだ」

太く育った竹の根本を腕の長さほど取り、節を抜いて火薬を詰めた筒花火。これを五つまとめて、一斉に火花を噴き上げるのが「大桜」である。河原では五つの火柱が太く噴き上がり、明々と扇を作っていた。

弥兵衛は「うん」と大きく頷いた。河原から広小路までは、ここまで漕いで来るのと同じで、凡そ二十間である。大桜はこの船から見て盥くらいの大きさ、広小路や橋の上からも同じくらいに見えているだろう。客の目を十分に楽しませられる。

大桜の火はしばらく消えない。前のものが燃えている間に、仙吉と市兵衛が手分けして次々と火花の桜を咲かせてゆく。二つ、三つ、四つ、五つ。満開となった桜に向けて飛ぶ感嘆の声は、もう何も聞き分けられなかった。

「……花火ってのは、凄えもんですね」

二艘並んだ右の船で、銀六が惚れ惚れとしたように唸る。弥兵衛は「なあに」と笑った。

「もっと凄いのを作ったんですよ、あなたは」

木綿を被せた木枠の向こう、大桜の光にぼんやり浮かんだ銀六の影は、どうやら少し身震いしたようだった。

咲いた花はいつか散る。客の目と心を十二分に楽しませた大桜も、ひとつ、またひとつと消えていった。それでも今宵の大川は、未だ覚めやらぬ昂りに満ちている。それは弥兵衛も同じだったが、逆に銀六は少しばかり不安げなものを見せた。

「それなりに間が空くってのに、誰も夜店に行きやしねえ。旦那、これじゃ店出した奴らが儲からねえんじゃありやせんかい」

「店はこの後で儲かるんです。何しろ、この大仕掛けがあるからね。自分の仕事なんだから、信じなきゃいけませんよ」

朗らかな声に力を込める。向こうも軽く息をつき、少し気を落ち着けたように応じた。

「そうでしたね。それに花火ってのは、あんまり立て続けに上げるもんでもねえ……か」

大名の屋形船に売り込み、注文に従って打ち上げては、次の売り込みに向かう。町人たちはそれを見物し、お零れに与《あずか》ってきた。つまり、花火の間が空くのは当たり前と承知して、立ち去らずにいるのだ。

とは言え、あまりに間を空けすぎても良くない。そろそろ頃合のはずだ。

「元さんと喜助さん、そろそろですかね」

銀六の声に、右前のずっと向こう、川上を見遣る。先に喜助が灯した提灯ひとつは、ずいぶん小さくなっていた。

話すうちに、その提灯が上へ下へと動いた。弥兵衛は「お」と声を上げた。

「合図ですよ」

「ここからは、仙吉っつぁんも大忙しだ」

今宵、鍵屋の打ち方は喜助と仙吉が担っていた。市兵衛にできるのは、先の大桜のようなものだけである。流れ星や枝垂れ柳のように、打ち上げの向きを細かく定める花火は巧くない。そこへ来て喜助が腰を悪くしているため、この祭では仙吉に多くを求めることになった。

弥兵衛は、しみじみと鼻息を抜いた。

「銀さんと仙吉っつぁんがいなけりゃ、こんなに大掛かりな花火は思い付きませんでしたよ。二人が力を貸してくれたのは運が良かった」

と、河原で小さな火花が散り始めた。新蔵がこしらえた土台の上である。火花は宙の中で親導を伝い――やがて、ふっ、と消えた。

と思いきや、猛烈な明るさが夜空に舞い、川面に向けて斜め下に進み始めた。筒花火の胴に掛け金を施し、横向きに縄に引っ掛けて、火の噴き出す勢いで走らせる「火渡り」であった。

元太と喜助が向かった川上には、大仕掛けとはまた別の船を着けてあった。そして、その舳先には河原の土台から延ばした縄が結ばれている。元太は火薬作りの傍らで、縄を弛《たる》ませずに船を操るべく鍛錬を重ねていた。

何のための鍛錬か。その答が、大川の闇に姿を現した。

「動いた！」

銀六が立ち上がり、大仕掛けの船が少しだけ揺れる。弥兵衛も「ええ」と腰を浮かせた。

走り始めは真っすぐ進むだけだった火渡りの光が、右へ左へ緩やかに蛇行を始めた。

「おおっ。ただの火渡りじゃねえのかい」

「動いてやがるぜ」

「こりゃあ蛇だ」

「何言ってんだ、水神様だろうが」

やんやの喝采が巻き起こる。さもあろう、真っすぐ走る火渡りは見慣れていても、横にまで動くものなど、誰も見たことがないのだから。

土台の上から川面へと、斜め下に向けて蛇の如く光が泳ぐ。それは大川の中ほど——船の舳先に近付くに連れ、じわり、じわりと暗くなった。終いにすっかり火が消えると、橋の上から、或いは広小路から、西詰の店の前から、惜しみない拍手が送られてきた。

弥兵衛は、にやりと頬を歪めた。

「……まだまだ。もっと驚いとくれ」

と、消えたはずの火渡りが再び火を噴いた。

「うわ！」

「おい見ろ、戻ってくぜ」

花火の筒は、今度は川面から土台へと斜めに駆け上がっていった。先ほど走らせた筒の反対側に、もう一本の筒を付けてあったのだ。喜助が元太と共に川上へ向かったのは、この打ち返しのためだった。

火渡りは緩やかに尾を振りながら、河原へと戻っていった。客の目も釘付けのようで、大川は昼間でも覚えがないほどの喧騒に包まれている。

「さあて、こいつが戻ったら……。仙吉っつぁん」

呟いて、弥兵衛は固唾を呑んだ。河原に土台を運んでから、仙吉は毎晩これを飛んで身に慣らしてきた。だが果たして今夜、同じようにできるだろうか。

「旦那、どうしたんです」

胸の乱れを察し、銀六が声をかけてきた。弥兵衛は躊躇いがちに口を開いた。

「お客の盛り上がりよう、もの凄いでしょう。仙吉っつぁん、呑まれやしないか……ってね」

「大丈夫ですって。今夜に限っちゃ、旦那より仙吉っつぁんの方が肚ぁ据わってまさあ」

「あたしだって、お上に喧嘩売ったくらいに肚据えてんですが」

幾らかむっつりと返す。銀六はこともなげに笑った。

「そういう度胸とは別なんですよ。賭けても構いやせんぜ」

「じゃあ、あたしは仙吉っつぁんができる方に二朱。そうでないと困りますしね」

「賭けにならねえでしょ、それじゃ」

弥兵衛は「む」と唸って河原に目を遣った。いずれにしても、信じて見守るしかない。

火渡りは土台に近付くほどに左右の振れ幅を狭め、また火の力を弱めて、そして消えた。

祭壇の篝火と夜店の明かりのみになると、いささか暗く感じられた。そうした中で、客たちの沸き立つ思いはなお膨らんでいるらしい。次は何を見せてくれるのかと、浮ついたざわめきは一層強くなっている。

弥兵衛は仙吉の顔を思い浮かべて「頼む」と念じた。河原を見遣る顔の中、眉根がきつく寄る。

少しの後、火渡りが消えた土台の隣で、勢い良く火花が散った。吊り下げた筒花火から火花を降らせる「葡萄」である。

始まった——思う間もなく隣の土台から橙色が降り、次、また次と明るくなってゆく。

「こいつぁ……速い。何て速さだ」

弥兵衛は、あんぐりと口を開いた。八つの葡萄が全て火を噴くまで、十幾つも数えていない。それこそ、瞬く間と言うに相応しかった。

「だから言ったでしょうよ。仙吉っつぁんは元々が乞胸ですぜ。客が喜んだら、喜んだけ力が出るんじゃねえですかい？」

「参ったね。そのとおりだ」

仙吉の打ち方は見事の一語に尽きた。無論、仙吉だけが気を吐いた訳ではない。喜助が根気強く教えなければ、たとえ土台を飛び移る軽業があっても、こうまで上手くは行かなかったろう。そして各々の花火は市兵衛の取りまとめで作られた。京次の火薬作りも短い間に上達し、元太を助けるまでになった。だから、元太も火渡りの船を鍛錬する暇ができたのだ。新蔵は花火の土台作りや掘っ立て小屋の組み立てなど、まさに目も回るほどの忙しさだったろう。

「おっと。葡萄は終わりだ」

銀六の声に、張り詰めたものが漂い始めた。残る花火はあと二つ。最後の最後、大仕掛けを前に引き締まる思いなのだろう。

と、最後の土台で四つの花火が火を噴き始めた。荷車の輪の上下左右に筒花火を括り付け、それぞれの火の勢いで回す「火車」であった。初めは四つに分かれていた火花は、回る勢いを増すほどに一体となってゆく。

ひとつの車がすっかり光の輪となると、その少し下で二つ目の火車が回り始める。それも十分に勢いを得ると、さらに下で三つ目に火が点いた。

仙吉の打ち方は、ここまでである。三連の火車を遠目に眺めて、弥兵衛の胸にはこみ上げるものがあった。

元から鍵屋にいた市兵衛、喜助、元太。去年の飢饉があって雇うことになった新蔵と京次。今日のために手を貸してもらった仙吉、そして銀六。誰が欠けても、この花火はできなかった。

火車の勢いが徐々に失われてゆく。明るさが色褪せるのを目にして、客たちが一斉に拍手喝采した。

「いいぞ！　さぁすが鍵屋だ」

「いいもの見せてもらったぜ」

「かぁーぎやぁ！」

銀六が「旦那」と呼びかけてきた。弥兵衛はひとつ洟を啜り、すくと立った。

「さあ、さあ！　さあ、さあ、さあ、さあ！　いざや皆様、お待ちかね。今宵、終いを彩るは」

腹の底から朗らかに声を上げると、客たちの気配が「お！」というものを孕んだ。喜びに裏打ちされた熱が、わっ、と勢いを得る。びりびりと肌に伝わるものを味わい、弥兵衛は大いに胸を張って口上を続けた。

「これぞ鍵屋が精魂込めた、一夜限りの大仕事。パッと飛び、すっと消えゆく奴じゃない！」

口上を止めて顔を右に向ける。

「さあ、銀さん」

銀六は無言で頷き、大仕掛けの覆いを縛った縄を解く。そして「えい」と木綿の布を引けば、ばさりと音を残し、最後の花火が姿を現した。

弥兵衛は「よし」と腹に力を込め、再び両国橋と広小路に向けて威勢良く声を上げた。

「とくとその目でご覧あれ。皆々様の御ために、今日の祭が終わる時まで」

何かが起きる。とんでもないことが始まる。そう思って刮目《かつもく》する客たちの、胸の高鳴りが伝わって来た。それも、つい今までの熱さではない。夏の宵に浮いた額の汗、それすら冷やすほどの静けさである。

「夜空に花を、咲かせましょう！」

口上の大声が終わると、静まり返った空気は一転し、拍手の渦に包まれた。

弥兵衛は「いくぜ」と大仕掛けの後ろに回り、懐から火打石を出した。打ち合わせて綿に種火を取る。細く息を吹きかけ続けると、火が大きくなった。

銀六も、弥兵衛に倣《なら》って大仕掛けの陰に隠れる。それを見届け、種火を松明《たいまつ》に移した。

「やりゃあ、できるんだ。どんな時だって」

呟きと共に、木枠から延びる親導に松明を近付ける。しゃっ、と音がして小さな火が走った。そして駆け登り――。

船の上が、昼の日差しをも凌ぐ眩《まばゆ》さとなった。大仕掛けの炭に練り付けた火薬が激しく燃え、火の粉を飛ばす。大川の上に、長屋ひと棟分の光の塊ができた。

近くにいると、一面が白くなるほどに明るい。そのせいで何も見えなかった。

どよめきが聞こえる。どうした。どうなっている。しくじったのでは。そういう客たちの不安が、手に取るように分かった。

だが、これで良い。夜更けまで楽しめる花火とするには、炭でなければならなかった。

そして火の点き難い炭を花にするなら、是が非でもこれだけの火薬が必要だったのだ。

目も眩むばかりの光は、火薬が燃え尽きてゆくほどに、おとなしくなっていった。辺りの闇が力を取り戻してゆく。

そして客のどよめきが、狂おしいほどの歓声に変わった。

「凄え！　凄えや」

「何だこりゃあ」

「おお、お、おおおおおおおおお！」

「おいら夢でも見てんのか」

拍手、喜び、叫び。両国界隈は並大抵の騒ぎではない。弥兵衛は大仕掛けを見上げ、にこりと笑みを浮かべた。そこには、祭の山車《だし》を思わせるほどの大輪が二つ。これに寄り添うように、大人の背丈くらいの小さな花が五つ。大川の夜に、七つの朝顔が赤々と縁取られていた。

「こんな……。俺ぁ、もう」

銀六が、船の上に座り込んで泣いている。しかし「いけねえ」と袖で目元を拭い、しっかりと目を見開いて夜の朝顔を見上げた。

「銀さん。これが、あなたの仕事ですよ」

「でも涙が止まんねえや。てめえのやったこと、この目で見てえのに」

弥兵衛は「うん、うん」と何度も頷いた。

「見るのは、存分に泣いてからでも間に合いますよ。お客に言ったとおり、こいつは遅くまで咲いてますからね」

火が点きにくい代わりに、一度燃えれば長く火を湛えたままになる。それが炭だ。炭火は時が経てば明るさを失うものだが、この船の上なら話は別である。大川に渡る静かな風が、きっと朝顔の赤を力強く保ってくれるだろう。

橋の上、広小路、西詰。町に渦巻く歓喜と熱狂は終わりを知らなかった。

飢饉で米の値が上がり、飢え死にが多く出た。それによって病が流行り、さらに多くの人が命を落とした。日々の暮らしに誰もが行き詰まった。打ち壊しもあった。多くの人が、自らの生を狂わされてきた。

鍵屋も苦しみ、自分も苦しんだ。何とかしたいと、強く、強く思った。願いが強くなりすぎて驕りに変わり、躓いた。

「鍵屋！　かぁーぎやぁあああああっ！」

「とんでもねえ、こんなもん作っちまうなんて」

「もう、俺ぁ目から洟水が出て来やがった！」

躓いて、自らを省みた。改めた。そして店の皆が、江戸の皆が、力を貸してくれるようになった。やればできる、自分たちには何かができる——皆が少しずつ、そう思ってくれた。

「清々しいって言うのかな。嬉しい……ね」

はっきりと分かる。塞ぎ込んでいた江戸が、今こそ音を立てて動いたのだと。弥兵衛の目に映る花も、じわじわと姿を崩していった。

川面の花は、果たして夜中まで消えずに残った。客たちは夜店で遊び、時折戻って来ては目を楽しませていた。

*

「せえの！」

「よいしょ！」

二艘の船に釘付けした大仕掛けの枠を外し、元太と銀六、仙吉、京次の四人で大川に放り込んだ。朝焼けにちらついていた川面に飛沫《しぶき》が散り、熱を湛えたままの炭が冷えて湯気が上がる。

「うわっは！　朝から行水だあ」

頭から飛沫を被った京次が鬢《びん》の水を払う。仙吉がそれを見て「おいおい」と眉をひそめた。

「枠から手ぇ離すんじゃねえや。炭の火が消えたら、持って帰らにゃいけねえんだぞ」

京次は「分かってらあ」と再び木枠を摑み、船の上に腰を下ろした。

「やるなら終いまで、きちんとね。女抱いて、中折れしたら格好悪いのと一緒でえ」

相変わらずの物言いに、元太が呆れ顔で「てめえも川で頭冷やせ」とやっている。片付けを見守っていた弥兵衛も「やれやれ」と苦笑を漏らした。

「じゃあ、すみませんが四人で頼みますよ。あたしは河原と広小路の様子、見に行きますから」

皆が良い顔で「へい」と返す。弥兵衛はここまで漕いで来た船で河原に戻った。

古びた小さな桟橋に至る頃には、新蔵と市兵衛、喜助の手で全ての土台が倒されていた。流れ星や枝垂れ柳に使った打ち上げの筒は、先んじて片付けられている。

「新蔵さん、広小路の方は？」

船を桟橋に繋ぎながら声をかける。新蔵は「お帰りなさいまし」と応じ、下がり眉と垂れ目を嬉しそうに下げた。

「そっちは鳶さんに任せてまさあ。まあでも、店を出した人らの片付けが終わらねえと、小屋の取り壊しも始まりませんけどね」

「ですね。じゃ、あたしも土台を手伝うとしますか」

川面に四人、河原に四人。昨晩は大掛かりな花火が多かったため、片付けもひと苦労である。弥兵衛は皆を手伝い、土台の足に打ち付けられた釘を抜いた。新蔵はさすがに手際が良く、こちらが一本を抜く間に三本、四本と面倒を見てゆく。

「よし、ひとつ終わりでさあ」

　壊された土台は様々な長さの材木に戻った。これは鍵屋の中庭に運ばねばならないが、年寄りの市兵衛や腰の悪い喜助には辛い仕事である。弥兵衛は二人に「釘抜きを続けて」と指図し、新蔵と共に材木を担いで土手を上った。

　そこへ――。

「鍵屋さん！　こりゃ、ちょうど良かった」

　声をかけてきたのは、西詰の船宿・旭屋の主人であった。夜店や屋台からの集金を請け負ってくれていたが、その話だろうか。に、しては落ち着きがない。

「どうも旭屋さん。どうしたんです、慌てて」

　旭屋は小刻みに歩を進めて来て、小声で早口に言った。

「どうもこうも。広小路にお役人様がいらして、鍵屋さんを呼べって仰せなんでさあ。とにかく来てくだせえ」

「そいつは穏やかじゃありませんね」

　昨夜の夜店に何か差し障りがあったのだろうか。弥兵衛も眉をひそめ、新蔵に向いた。

「すまないが、運ぶのは後回しだ。ちょっと向こうに行って来ますから」

「え、ええ……」

青い顔で、頼りない返事だった。両国広小路に小屋を建てたのは新蔵である。自分の仕事に手抜かりでも、と危ぶんでいるのだろう。弥兵衛は担いだ材木を下ろし、努めて柔らかく発した。

「案ずるこたあない。花火も夜店も、あたしが始めた話なんだ。新蔵さんに責めを負わせやしませんよ」

にっ、と笑って見せ、旭屋と連れ立って広小路へ急ぐ。とは言え河原からは目と鼻の先、あっという間に掘っ立て小屋の真ん中に至った。夜店の片付けに集った茶屋の皆、小屋の取り壊しを頼んだ鳶の衆、さらには野次馬まで群がって、ごった返している。人垣ができていて、どこに役人がいるのか分からない。

「お役人様のお召しと聞いて飛んで来たですが。皆さん、ちと道を空けてあげてくださいな」

声を向けると衆目が集まった。それらの者は澱んだ気配で左右に寄り、細い隙間を作る。ようやく人ひとりが通れるようになると、うんざりした顔が進んで来た。

「おう鍵屋。俺だ、俺」

狼煙方の平田左近であった。後ろに数人の小者を従えていて、その者たちは高札と大木槌を手にしている。

「役人の出る幕じゃねえって、言ってんだろうが」

「おうよ。鍵屋さんにゃ何の咎もねえ」

「祭の夜店はよう、上様がお許しくださったんだぜ」

「そうだ、帰れ」

集まっていた面々が罵声を浴びせる。平田は苛立って「うるせえ」と一喝した。

「違うって、何べん言やあ分かるんでえ」

しかし騒ぎは収まらない。困ったものだ、と弥兵衛は大声を出した。

「皆さんの言うような話じゃないって仰せでしょう。ともあれ、あたしが聞きますから。夜店の方々は片付けを急いでくださいな」

当の弥兵衛が言うのならと、一同は不承ぶしょう散り始めた。ところが、そこで平田が「待て待て」と止めに掛かる。

「それも違う。いいから、おめえら黙って待ってやがれ」

ようやく少しばかり静かになった。平田は後ろを向いて、小者たちに呼ばわる。

「今のうちだ。さっさと札立てちまいな」

高札と木槌の数人が進み、広小路を突っ切って橋番所の前に向かう。が、またも野次馬たちが行く手を阻もうとした。弥兵衛は呆れて「あのね」と眼差しを向けた。すると面々は素知らぬ顔で空を見て、とぼけていた。

木槌の音がゴンゴンと響き、橋番所の前に高札が立てられてゆく。弥兵衛はひとつ息をついて平田に向いた。

「で、どういうお話なんでしょう」

「ああ。まあ札見りゃ分かることなんだがな。夜店の片付けは、せんで構わん」

「は？」

目が丸くなり、ぽかんと口が開いた。掘っ立て小屋の店は一夜限りのお許しだろうに。

察したか、平田が苦い笑みを浮かべた。

「八月二十八日までの三ヵ月、夜店のお許しが出たんだよ。おめえさんが初めに願え出たとおりにな」

「え？　そりゃまた、どうしてです。急に」

「急……でもねえんだな、これが。若年寄様に聞いたんだが、おめえさんと同じに、箱で直訴した野郎がいたみてえでよ」

三ヵ月の夜店を認めてくれ——目安箱にその陳情があったのは二十日ほど前だったという。つまり五月十一日には、将軍・吉宗の手で開かれていたことになる。

「それなら二十日近くも、何のお沙汰もなかった訳でしょう。なのに、どうして今になってお許しが出たんです」

「昨夜、水神祭にご老中がいらしたろう。で、両国の賑わいが上様のお耳に入ったって訳さ。こうまで町方が喜ぶんなら認めてやれって話になったらしい」

吉宗は、夜店を続ける利と、三ヵ月も火避地を潰す難を天秤に掛けていた。だが昨夜の仔細を知ると、益の方が大きいと判じて沙汰を下したのだという。

ひととおりを話すと、平田のいかつい顔が役人としての威厳を纏った。

「これより毎年、五月二十八日を川開き、八月二十八日を川納めと定め、三ヵ月の間は夜店の商いを認める。が、飽くまで両国広小路は火避地だ。何かあればすぐに小屋を壊せるよう、毎夜必ず番人を置くべし。そいつが条件だ、とのお達しである」

「毎年三ヵ月って……そいつは、ありがたいんですが。まさか、ずっと鍵屋が見張りを？　そりゃあ、さすがに」

「そこまでは言われちゃいねえ。見張り番は、年ごと、日ごとの持ち回りで構わねえだろうさ。ただ、今年は鍵屋で受け持つのがいいだろうな。てな訳で、俺の話は終わりだ」

周りにいた面々が、わっと沸いた。出店の衆や野次馬はもちろん、片付けの仕事がなくなった鳶まで一緒になって喜んでいる。

「さて札も立ったか。おい、おめえら。帰るぞ」

平田は小者たちに呼ばわり、町人たちの高揚を鼻で笑うと、口元を歪めて立ち去った。その背中には、どこか晴ればれとしたものが滲んでいた。

「いやあ鍵屋さん、良かったねえ」

旭屋が満面の笑みを見せる。弥兵衛もにこりと笑って頭を下げた。

「皆さんが、あたしの我儘《わがまま》に付き合ってくれたお陰ですよ。まあ……平田様には、ご迷惑ばかりかけてしまいましたが」

「いやあ？　そうでもねえと思いやすがね」

首を捻っている。どういうことだろうか。

と、思っていると、旭屋はくすくす肩を揺らした。

「昨夜ね、あのお役人様が来てたんですよ。いさな亭です」

西詰の店を改めて誘った折、最初に乗ってくれた飯屋である。平田は大いに呑み食いして、実に一両も使って帰ったそうだ。

「迷惑だって思ってんなら、そんなに使いやしませんて。あのお方なりに、鍵屋さんを助けたかったんでしょうねえ」

「そうでしたか……」

弥兵衛はしみじみと頷いた。対して旭屋は、少し訝しそうな顔で腕を組む。

「それより夜店三ヵ月のお許しですよ。いったい誰が箱を使ったんですかねえ。あっしは、そっちの方が気になりまさあ。いやあ、いい助け船を出してくれたもんだ」

「ええ、まったく。誰なんでしょうねえ」

そう返して、遠くなった平田の背をちらりと見る。弥兵衛は心中で深々と頭を下げた。

水神祭の晩、花火見物の客は五千人を超えていたらしい。それらは夜店で銭を落とし、商売の面々を大いに潤わせた。

　見込みを大きく超える人出によって、各々の儲けから鍵屋に差し出された銭は百六十両に上った。掘っ立て小屋の支度金まで合わせれば二百両を超える。聞けば、大店の旦那衆が奉公人を連れて遊んでいたそうで、それが効いたのだろうという話だった。

　昨夜の催しに際し、鍵屋は四百両近くを吐き出した。二百両では足が出る。しかし旭屋を始め西詰の店が、川納めまでの三ヵ月、引き続いて毎夜の儲けから三割を寄越すと約束してくれた。また出店や屋台の衆にも声をかけ、場所代を集めるようにするという。

　どうにか帳尻が合う格好にしてやろう——皆の情けに深く謝意を示し、弥兵衛は河原の片付けに戻って行った。

*

「花ぁ火い、花火！　葡萄、桜に流れ星。枝垂れ柳に大桜。鍵屋の花火は如何でしょう」

　大川に船を浮かべ、弥兵衛は今宵も大声を上げた。背後、船の中央には赤い提灯が鈴生りになっている。艫では元太が櫂を使い、その傍らには喜助と京次の姿があった。

「あれから五年か。増えたもんですねえ、屋形船」

　元太の声には嬉しそうな張りがあった。川面には、あちこちに夕涼みの船が出ている。

ぽつぽつと浮かぶ明かりを眺めて、喜助が「おうよ」と笑った。

「お上も分かってんのさ。夜店に客を引くんなら、花火を頼む船が要るってな」

かつて大名だけに許されていた船遊びは、五年前に川開きと川納めが定められて以後、町人にも認められるようになった。今では毎夜、大店の主人が船を仕立てて大川に繰り出している。鍵屋はそれらを相手に花火を売り込み、お零れの花火見物が目当ての客は、夜店で銭を使う。納涼の三ヵ月は皆が儲け、思い思いに楽しむための時と化していた。

弥兵衛は、左の肩越しに広小路を見遣った。五年前には水茶屋に物売り、屋台くらいだった夜店だが、今では芝居や見世物の小屋まである。そして毎年の川開きでは、これらの夜店が金を出し合い、鍵屋が花火を上げるのが慣例となった。賑やかな両国の納涼は、今や江戸で知らぬ者なしの名物である。

掘っ立て小屋を眺める姿を見て、京次が「それにしても」とぼやいた。

「奴らも薄情だよなあ。旦那にゃ恩があるってのによう」

奴ら——銀六と仙吉、新蔵は、あの夏を境に元の生業に戻った。力を借りた四人のうち、京次だけが鍵屋に残っている。

しかし、と弥兵衛は口を開く。

「いいんですよ。そうしろって言ったのは、あたしなんですから」

新蔵には大工としての、銀六には木彫り師としての十分な腕があり、仙吉にしても見事な軽業があった。江戸が勢いを取り戻した後となっては、いつまでも畑違いの花火屋に縛り付けておく気にはなれなかった。

京次は、いささか不満げに返した。

「俺っちにゃ、言ってくれませんでしたぜ」

「京さん、鉄を拾って売るだけの暮らしに戻りたかったんですか？」

「いやあ。真っ平だ」

肩をすくめている。喜助が腹を抱えて笑い、元太も「違えねえや」と笑みを弾けさせた。

「まあ五年てのは長えもんだ。父っつぁんが隠居して、おいらと京の字が鍵屋の花火を作ってんだもんな。旦那さんにも跡継ぎができたし。あと何年かしたら、おいらたちで七代目を教えなきゃならねえ」

弥兵衛は「ええ」と頷いた。鉄の見極めと削りしかできなかった京次も、この五年で火薬作りを覚えている。鍵屋にとって欠かせない職人と言えた。

「それに新さんだって毎年、小屋作りにゃ顔出してくれるからな。仙吉っつぁんも、その小屋で芸見せてんだ。なあ兄貴」

「だな。銀六も、川開きの日にゃ必ず祝い酒持って来る」

元太と喜助は、皆との縁が続いていることに、何とも嬉しそうな顔であった。だが、ひとり京次は「足りねえよ」とそっぽを向く。

「銀六の奴にゃ、まだ吉原で奢らせてねえんだ」

「あなた、まだそれ言ってんですか」

弥兵衛は苦笑いで沖に目を戻した。遠かった屋形船の明かりが、もうずいぶん大きい。ならばここらでもう一度、と大きく息を吸い込んだ。

「花ぁ火い、花火！　葡萄、桜に流れ星。枝垂れ柳に大桜。鍵屋の花火は如何でしょう」

朗々と響く売り込みの口上に、右前の船から「おうい」と呼び声が返った。次いで、それより近い左側から「頼むよ」と呼ばれる。正面、少し遠くの船も屋形の障子が開いた。

「はいはい！　お声のかかった順に伺います」

弥兵衛がそう応じたとおり、元太はまず右前の船に寄せていった。ゆるりと船足を遅くして横着けすると、商人らしい三十路顔が注文を入れてきた。

「枝垂れ柳三つと、あと大桜。お幾らです」

「まいどあり！　枝垂れ一両、大桜は五両。合わせて八両、頂戴しやす」

京次が竹竿を伸べ、その先に付けた笊《ざる》に小判を八枚受け取った。客の船に火の粉が飛ばないようにと、元太が船を離してゆく。

「それじゃあ、まずは枝垂れから」

喜助が筒を構え、火を点ける。親導を伝う火花が吸い込まれ——。

ドン、と響いた。光の尾が天高く上がり、夜空に弧を描く。しなる釣竿の如き筋の先で、パンと弾ける音を残し、七つの星が冠に散った。

「いよお！」

「鍵屋、お見事っ」

「かぁーぎやあ！」

注文を入れた船から、他の船から。そして両国橋と広小路から。惜しみない拍手と楽しげな歓声が飛び交った。

五月二十八日から八月二十八日までの納涼は、以後も長く続いた。川開きの晩に上げる花火も夏の一夜を彩る慣わしとなり、大川が隅田川と名を変えた今も受け継がれている。

〈了〉

『憂き夜に花を』二〇二〇年六月　中央公論新社刊

中公文庫

憂《う》き夜《よ》に花《はな》を
——花《はな》火《び》師《し》・六《ろく》代《だい》目《め》鍵《かぎ》屋《や》弥《や》兵《へ》衛《え》

2023年 6 月25日　初版発行

著　者　吉《よし》川《かわ》 永《なが》青《はる》

発行者　安 部 順 一

発行所　中央公論新社
〒100-8152　東京都千代田区大手町1-7-1
電話　販売　03-5299-1730　編集　03-5299-1890
URL https://www.chuko.co.jp/

ＤＴＰ　ハンズ・ミケ
印　刷　大日本印刷
製　本　大日本印刷

Published by CHUOKORON-SHINSHA, INC.
Printed in Japan　ISBN978-4-12-207384-5 C1193

定価はカバーに表示してあります。落丁本・乱丁本はお手数ですが小社販売部宛お送り下さい。送料小社負担にてお取り替えいたします。

〈螺旋《らせん》プロジェクト〉とは

What is the RASEN Project?

「共通ルールを決めて、
原始から未来までの歴史物語を
みんなでいっせいに書きませんか？」

伊坂幸太郎の呼びかけで始まった8作家＝**朝井リョウ、天野純希《すみき》、伊坂幸太郎、乾《いぬい》ルカ、大森兄弟、澤田瞳子《とうこ》、薬丸岳《がく》、吉田篤弘**による競作企画。本作はこの企画から生まれた。

ルール1

「海族」vs.「山族」の対立を描く

ルール2

共通のキャラクターを登場させる

ルール3

共通シーンや象徴モチーフを出す

1冊でも面白いけれど、続けて読むともっと面白い！
〈螺旋〉に隠されたメッセージを、あなたはいくつ読み解けるか。
コラボレーションをより楽しむヒントは次ページから。

〈螺旋〉の秘密を解くカギ

Keys to unlock several secrets of the RASEN

謎めいた「伝承」

本篇の前後に置かれた「海と山の伝承」は、
全作品が共有する〈螺旋〉のエッセンス。

対立する一族の特徴

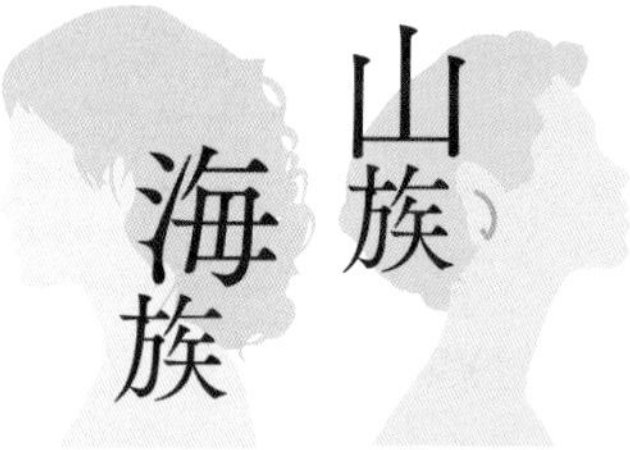

山族

- 耳が大きい
- 野山に強い
- 犬と仲良し

海族

- 瞳が青い
- 水に強い
- 猫が好き

どの物語にも出てくる「超越的な存在」

「海族」「山族」の対立の歴史を
知るキャラクターで、物語によって
性別や年齢、姿形は異なる。

それは誰なのか?

共通のシーンが必ずどこかに

時は夕暮れ、何かが壊れるとき、
8作家8様の演出で「対立」を
めぐる会話が始まる。

物語の後半に出現?